白石一文

我が産声を聞きに

講談社

我が産声を聞きに

装幀　鈴木久美
写真　岩合光昭

0

来週の木曜日、空いてる？

と良治《りょうじ》に訊《き》かれたのは、先週の水曜日、九月九日のことだった。

「どうして？」

九月に入ると同時に教室でのレッスンが再開されたが、名香子《なかこ》は非常勤という立場の気安さもあってまだしばらくはオンライン授業だけにするつもりでいる。夏休み明けの教室再開が七月半ばに告知されたとき、教室長の佐伯《さえき》さんにその旨を申告し、

「名香子先生の授業が復活できないのは残念至極ですが、まあ、仕方ありませんね」

と承諾も得ていた。

十代の終わりに自然気胸を患い、そのときは短期の入院で済んだのだが、それからも何度か軽い再発を繰り返している。直近はいまから七年前、四十歳のときだった。

四十七歳というのは、たとえ感染しても重症化の可能性のほとんどない年齢ではある

が、そうはいっても気胸の既往歴がある場合は、厳重に感染防御するのが得策であろう。まったく無症状でありながら上気道にウィルスを大量繁殖させている陽性者も少なくないという話だし、たとえ最大限の感染対策を施していたとしても、大勢の生徒たちが一堂に会する教室でのレッスンに臨むのはやはり危険だと思われる。

万が一にも感染して肺炎に至るようなことがあれば、肺機能に脆弱性を持つ名香子が重症化する可能性は通常よりもかなり高いに違いない。

そういうわけで世界中で新型コロナウイルスが猛威を揮い始めた三月から、彼女はいち早く教室でのレッスンを中止し、以降はオンライン授業一本に絞って仕事を続けてきたのだった。

駅前の英語学校での非常勤講師と併《あわ》せて週に二回自宅で行っていた個人レッスンも同時にオンラインに切り替えていた。学校でのレッスンが月曜日から水曜日の午後、自宅での個人レッスンが金曜日と土曜日の午前と午後。木曜日と日曜日は休日と決めているので、先週、夕食を済ませたあと風呂から上がった良治に「来週の木曜日、空いてる？」と確認を求められた際もさしたる違和感はなかった。

研究職の良治もたまに平日に休みを取ることがあり、ましてコロナ禍のなか彼も緊急事態宣言のあいだは在宅勤務で通し、宣言解除後も週に一日か二日は在宅ワークにしているのだから、平日どこかに連れ立って出かけたいときに木曜日をそれに充《あ》てる習慣はいまもって変わらずにいる。

ただ、この半年余りは外出といっても近所のショッピングモールに出かけるのが関の山で、そういうときでもがらがらのフードコートで一緒にコーヒーを飲むくらいで、レストランでの食事などは厳に慎んできた。

名香子の肺のことは良治も心得ているから、そこは当然で、だから先週、「来週の木曜日、空いてる？」と言われたのは、いまにしてみれば奇妙な出来事ではあったのだ。ショッピングモールに一緒に行く程度のことでわざわざ良治が一週間も前にそんなことを訊いてくるはずはなかったのだから。

「どうして？」

すぐに名香子が問い返したのは、そういう不審があってのことではなくて「明日、一緒にどこかへ行くの？」という普段通りの反応と似たようなものに過ぎなかった。

「ちょっとね。一緒に行って欲しいところがあるものだから」

次の良治のこの一言でようやく名香子は、夫が特別な意味合いを込めて「来週の木曜日、空いてる？」と訊ねてきたことに気づいた。

コロナが流行《はや》りだしてこのかた、木曜日にしろ日曜日にしろ、どこかへ出かけるときに一週間も前もって予定を問われるなどというのは一度もなかった点にも、名香子はそこで初めて気づいたのである。

「一緒に行って欲しいところ？」

怪訝な心地になって名香子は訊いた。「来週の木曜日」九月十七日は何も特別な日ではない。どちらかの誕生日でもないし、結婚記念日というわけでもなかった。

彼女の問いかけに、しかし、良治はさらに奇妙な態度を見せた。

「当日になったら教えるよ。とにかく来週の木曜日は空けといてくれ。朝、九時には一緒に出たいんだ。用事は午前中いっぱいで終わると思うよ」

バスローブ姿の良治はそれだけ言うと、いつもの風呂上がりのようにさっさと二階の自室へと引きあげてしまったのである。

1

二〇二〇年九月十七日の朝、名香子は三十分早めに起床した。時刻は六時半。カーテン越しにも初秋の鮮やかな光が十畳ほどの寝室に差し込んできている。昨日、一昨日と雨模様で、今日も午前中は雨が残るという予報だったので思わぬ晴天に名香子は気分を良くして目覚めたのだった。

二階の寝室を出て、同じ階の良治の仕事部屋へと向かう。寝室の正面は、大学に入るまで娘の真理恵《まりえ》が使っていた洋間。洋間の隣が納戸になっていて、良治が仕事部屋に使っている十二畳ほどの洋間は納戸の隣の階段ホールの先にあった。

この四年くらい、良治は仕事部屋に寝室のベッドを移動させて、そこで眠っている。

それに併せて、名香子は一階の仏間に置いてあった自分用の机と椅子、本棚などを二階の寝室に運び込み、かつての夫婦の寝室はいまやすっかり彼女の私室と化していた。

仕事部屋の前に立ち、ドアをノックする。応答はない。ノブをそっと握り、静かにドアを開ける。

作業用の机と対面の窓際に据えてあるベッドは無人だった。几帳面な良治らしく、きちんとベッドカバーも掛かっていた。

彼もどうやら早起きしたようだった。

名香子はパジャマ姿のまま階段を降りる。

一階の二十畳ほどのリビングダイニングにも十畳の仏間にも良治の姿はない。玄関で確かめるとウォーキングに使っているランニングシューズが見当たらなかった。散歩はもっぱら週末か夕方派の良治だが、今日は早起きして歩くことにしたのだろう。

九時に出発と言っていたから、だいぶ時間がある。だが、六時間ほどの睡眠で気分はすっきりしている。

名香子は寝室に戻って部屋着に着替えると、一階と二階の窓を開け放ち、洗濯機を回し、それから顔を洗って歯を磨いた。

今日の行き先はまだ良治から聞いていなかった。「当日になったら教える」と言っていたので、散歩から帰って来たら訊ねよう。

あれからも何度か「ねえ、木曜日、どこに行くの？」と声を掛けたが、

「それは内緒」

良治は取り合ってくれなかった。

どんなことでも打ち明け合う夫婦も多いのだろうが、名香子と良治の場合はそういうわけではない。二十年余り連れ添ってきて、むしろ互いの時間と距離を大切にし合うことでこれまで波風立てずに過ごしてきた。

根っから理系人間の良治は、根っから文系の自分とは違う種族だと名香子は結婚する前から了解し、結婚後はそのことを確認し続ける日々だった。

そもそも長年大手の電機メーカーでエンジニアをしている夫が、具体的には一体どんな仕事をしているのか名香子はまるで知らない。素人の名香子相手に良治が仕事の詳しい話をすることはなかったし、彼の書棚にずらりと並ぶ電子工学関連の専門書の書名でさえ判読不能なのだから、たとえ夫婦といえども連れ合いの人生の重要部分が名香子にとって死ぬまでブラックボックスであり続けるのはやむを得ないのである。

これが一軒のレストランを切り盛りする、例えば旦那がコックで妻がホール担当というような夫婦だったりすれば何事も隠すことなく共有し、さまざまな生活の荒波を一つのボートに乗ってかいくぐっていかなくてはならないのだろうが、自分たちのような一般的なサラリーマン家庭では、子育て以外の人生上の難題の多くは、それぞれが自力でなんとか切り抜けていくのが基本線ということになろう。

実際、良治にしても名香子にしても仕事上のトラブルはほとんど自分だけで解決してきたし、よほどの場合を除けばどんな悩みを抱えているかについても互いに黙ってきたのだと思う。

「最近、なんだか元気ないけど、会社で何かあったの？」

「まあ、ちょっとね」

「あんまり無理しないでね」

といったテレビドラマ風の通り一遍のやりとりで大方が片付いてきた。

十年余り前にたった一度だけ、良治が会社を辞めたいと言い出したことがあった。そのときは二人で真剣に話し合ったが、結局のところは会社側からの歩み寄りもあって良治は辞表を撤回し、研究職として会社に留まることを選択したのだった。

その大きな選択の果実が、東京郊外に買ったこのマイホームだ。

良治に言わせると「徹頭徹尾、自分一人のアイデアと苦心の産物」である非接触ＩＣカードに関わる画期的な技術を会社に「横取り」され、一時は会社を相手取って特許権を巡る訴訟さえも辞さずと腹を括ったところ、敗訴の可能性が高いと踏んだ会社側が慌てて譲歩の意思を示し、双方妥協の産物として受け取った一回限りの高額の「賞与」が、いま夫婦が住んでいる新築一戸建てに化けたのだった。

正直なところ、良治が開発した新技術が、現在のスイカやパスモなどもろもろのＩＣカードに一体どんな形で活かされているのか名香子には分からないし、それがどれほど画期的な技術であるのかもまるで分からない。ただ、郊外とはいえ都下ではそこそこ人気の住宅地にこの広さの家が貰えるほどの金額を会社側が一時金として支払ってきたのだから、良治の技術が相当に価値の高いものであったのは事実だろうと思う。

その技術特許を良治が取り戻して、仮に自分でビジネスにしたならばもっともっとたくさんの金銭がこの徳山《とくやま》家に流れ込んできたのかもしれない。

だが、良治に独立の話を持ち掛けられたとき、名香子はやんわりと異を唱えたのだった。若い頃から研究一筋で暮らしてきた、お世辞にも人付き合いが上手とは言えない彼は、世間知らずなうえに無類のお人好しという一面があった。他人の言葉を額面通りに受け取ってすぐに共感したり同情したりする性格は、夫としては好ましい部分とも言えたが、現実に自らの会社を興し、人も使って事業を進めていく段になれば案外致命的な欠陥にもなり得ると思われる。

——生き馬の目を抜くようなビジネスの世界で、この人に経営者はとても務まらない。

特許に関する会社の理不尽な対応に憤慨し、涙目にさえなって独立を訴える夫を目の前にして名香子はそう冷静に判断していた。

ローンも組まずにこれだけの家が手に入っただけで満足だと、名香子は思っている。住宅費がゼロになったおかげで、良治の給料に名香子の英語講師としての収入を足せば徳山家の家計には充分の余裕があった。月々それなりの貯えもできているし、人生百年時代とはいえ、真理恵を嫁がせた後の夫婦二人の老後にもさほどの不安はなかった。

仕事に関しては、まだしも良治の方が妻のやっていることに理解があるだろう。

関西の外語大を出て神戸《こうべ》のミッション系の女子中学校で英語の教職に就いたのを皮切り

に名香子はずっと英語教師として働いてきた。大学時代に一年間のイギリス留学も経験している。

良治の方は都内の工業大学の大学院を出て現在の会社に就職し、入社三年目にアメリカの研究所に派遣され、サンノゼで二年間の研究員生活を送っていた。それもあって彼も英語にはずいぶん苦労したクチだから名香子の仕事には理解もあり、その意義も認めている。

一九九三年、良治が二十七歳でアメリカに赴任した年が、ちょうど名香子が大学二年でロンドンに留学した年で、湾岸戦争後の政情不安な時期に共に海外暮らしをした体験も、それから数年後に出会ったとき、二人をぐんと近づける大きな要因となったのだった。

良治は今年、五十四歳。名香子とは七つの差があった。

一世代とまではいかないが、自分が小学生になったときに相手はすでに中学生だったわけで、この年齢差は夫婦といえどもかなり大きいと名香子は思っている。根が穏やかな人のうえに七つ違いということもあって、良治と名香子とのあいだにこれまで喧嘩らしい喧嘩はほとんどなかった。

「うちの場合、夫婦仲がいいというより、夫であるおとうさんの忍耐力が半端ないんだと思うよ」

つい先日、久しぶりに顔を見せた大学生の真理恵と話していて、高校時代の親友の両親が最近離婚したという話になったとき、どういう流れでか彼女がそんなふうに言って、名香子はちょっと虚を衝かれたような心地になった。

「それじゃあ、まるでおかあさんがおとうさんをずっと尻に敷いているみたいじゃない」

良治が温和な人であるのは認めるが、しかし、名香子は名香子で七つも年長の夫にそれなりに従ってきたという思いがある。「おとうさんの忍耐力が半端ない」という娘の発言には納得がいかなかったのだ。

「うーん。尻に敷いてるとか、そういうのともちょっと違うと思うけどね……」

真理恵は名香子の思わぬ反発に面食らったふうで、そんなような曖昧な返しを寄越しただけだった。

二十分ほどして良治が散歩から帰って来た。

壁の掛け時計の針はちょうど七時を指している。

首にスポーツタオルを巻いたケイパのジャージ姿の良治が額に汗を光らせながらリビングに入ってくる。ジャージは上も下も白。良治の衣服はジャージに限らず白系統ばかりだ。

汚れが目立つ白を敬遠するどころか、「白はすぐに汚れが分かるから」という理由で彼は若い頃から何かにつけて白の物を好んできた。万事、几帳面できれい好きの良治らしいが、車や壁紙、椅子やテーブル、食器、スニーカーやリネン類、鉢植えの鉢まで任せておくと何でも白で統一しようとするからその都度、名香子が異論をはさんで家の中の彩りを確保してきたのである。

「おとうさんの言う通りにしていたら、家の中が病院になっちゃうよ」

物心のついた真理恵もやがて援軍に加わり、いまでは良治の白好みは彼の仕事部屋の中と身の回りの品々だけに限定されてしまった。

それでもワイシャツは白以外に着たことがないし、愛車も自転車も一貫して白を選んできた。ちなみに彼はネクタイもブルー系統以外は決して締めなかった。

そのくせ最近とみに目立ってきた白髪には異様に敏感で、ドラッグストアでせっせと白髪染めを買ってきて、月に二回は丁寧に染めている。

「白髪だけ嫌いだなんて全然矛盾してるじゃない」

その点に関しても真理恵にしょっちゅう突っ込まれているのだった。

「これ、一緒に食べようよ」

ジャージ姿のままダイニングテーブルの前に座った良治がテーブルの上の物を指さす。提げてきたレジ袋から出されたサンドイッチが二つ並んでいた。

どうやら駅前のコンビニまで歩いてきたようだ。最寄り駅は徒歩二十分ほどの距離で、駅利用なら自転車を使っている。坂のない平坦な道が続いているので自転車は便利だった。普段の散歩はここから南に位置する駅方向に歩くのではなくて、北側にある大きな森林公園の遊歩道を回っているから、今朝は、この朝食を調達するのが目的だったのだろう。

コンビニのサンドイッチは良治の好物で、たまに一人で食べたり、名香子の分も一緒に買ってきてくれたりする。とはいえ、こんなふうに朝食代わりに食べるのは何年振りかだろう。サンドイッチの種類は決まっていて、ハムレタスサンドとたまごサンド。良治一人のときはハムレタスだけで、名香子の分がある場合はたまごサンドが加わる。二人で食べるときは必ずハムレタスとたまごを一個ずつ分け合うのだった。

「じゃあ、コーヒーだけでいいわね」

「もちろん」

良治は頷き、

「今日はまだ暑いよ。薄着でいいと思う」

そう言うと思い出したように椅子から立ち上がり、

「あとでシャワーを浴びるけど、とりあえず顔だけ洗ってくる」

と洗面所の方へ去ったのだった。

2

サンドイッチを食べ終えたところで、

「ねえ、そろそろ教えて貰ってもいいでしょう。今日は一緒にどこに行くの？」

名香子が訊ねる。

うつむき加減だった良治が顔を上げ、まずは名香子の背後のオープンキッチン周りに視線を泳がせ、それから彼女の面上に焦点を合わせた。

「都立がんセンターだよ」

マグカップを両手で包んでいた良治が右手をカップから外して言った。

「実は先月受けた社内の健康診断で引っかかってしまってね。それで、今月の初めにがんセンターで詳しい検査を受けてきたんだ。その結果が今日分かるから、なかちゃんに一緒について来て欲しいんだよ」

結婚以来、良治は名香子のことを「なかちゃん」、名香子は良治のことを「良治さん」と呼んできた。

例年は五月に行われる社内の健康診断が、今年はコロナの影響で延期になり、八月のお盆過ぎにようやく実施されたというのは知っていた。健診の前日は、晩酌も控え、夜九時以降は食事禁止で翌日の朝食も抜くことになっているから健診日はあらかじめ名香子にも伝えられる。

ただ、これまで一度も異常が見つかったことはなく、何年かに一度、名香子の方から「どうだった?」と訊ねても「全く問題なし」の答えばかりなので、近年は健診のことなど終わってしまえば頭の中からすっかり飛んでしまうのが常だったのだ。

「引っかかったって、どこが?」

日本人の二人に一人ががんに罹るという時代になっても「がんセンター」という言葉の響きに穏やかならざる心地になる。

「肺」

良治が左手もカップから外して、その手を右の胸に当てる。

「レントゲンで肺に丸い影が見つかったんだ」

「丸い影？」

「三センチ程度なんだけど、念のためがんの専門病院で精密検査を受けろって会社のドクターに言われたんだよ。それで月初めに検査に行ってきた」

良治は淡々とした口調で話し、

「黙っててごめん」

と付け足した。

こうやって最初に謝ってくるのが良治の美質だ。もちろん名香子に不要な心配をかけたくなくて再検査の件は控えていたのだろう。

「で、レントゲンを見て会社の先生は何て言ってたの？」

「レントゲンだけじゃ何とも言えないけど、肺がんの可能性も否定はできないって」

「肺がん……」

「そういうわけだから、さすがに今日はなかちゃんについて来て貰おうと思ったんだよ。心配かけて申し訳ないんだけど」

良治がまた謝る。

「申し訳ないわけないじゃない」

つい妙な言い回しの返事になってしまう。

こんなに元気そうな、七月に五十四歳になったばかりの良治が肺がん？

到底信じられるような話ではなかった。

「きっと肺がんなんかじゃないわよ。良治さんは煙草だって吸ったことないし、身内にもがんの人なんていないでしょう。咳が出るとか息が苦しいとかもないんだし」

半ば自分に言い聞かせるように名香子は喋った。

「親父の兄貴に一人、肺がんの人がいるんだ。と言っても、その伯父さんは尻から煙が出るくらいのヘビースモーカーだったそうだし、肺がんとはいえ罹ったのは八十過ぎだったらしいけどね」

「そんな話、誰から聞いたの？」

「おふくろ。この前、電話で訊いてみたんだよ。何しろ、会社の先生にも『ご親戚で肺がんの人が誰かいませんか？』って訊かれたものだからね。もちろん、僕のことは一切喋っていないんだけどね」

良治の母親の節子《せつこ》は、故郷の栃木《とちぎ》市で長男と暮らしている。良治は二人兄弟の次男だった。長男の良《りょう》太郎《たろう》は東京医科歯科大学の医学部に進んで医師となり、いまは地元で皮膚科の医院を開業していた。

「その伯父さんと良治さんとは全然違うよ」

「まあね。その人とは僕も小さい頃に二、三度会ったきりだしね。どうも親父から借金をして返済できず、それで縁が切れたらしいよ」

良治の父親は栃木の農家の四男坊だったが、出来が良かったらしく兄弟で唯一東京の大学に進学し、数年のサラリーマン生活の後に故郷の栃木に戻り、製材所を始めて成功をおさめたのだった。おかげで良治たち兄弟は経済的には恵まれた暮らしを送り、二人とも東京の大学に進学した。だが、彼らが大学生の頃までには安い輸入材に押されて国産材の市場は縮小し、製材所の経営もままならなくなっていた。父親の良介《りょうすけ》は事業は一代限りと決めて、古希までしっかり働くと潔く工場をたたんで引退し、それから二年ほどで心臓の病気で亡くなった。名香子が良治と一緒になって数年後のことだ。姑の節子の方はその後も元気に生きて、今年で確か八十三になったはずである。

「とにかく万が一、肺がんだったとしても治療法はたくさんあるはずだし、良治さんは絶対に大丈夫だから」

これも自分に言い聞かせるように名香子は言った。

「なかちゃん、ごめんね。とんだ心配をかけてしまって」

良治は一瞬泣き笑いのような表情を見せたあと、小さな声でまた謝った。

「良治さんは謝るようなこと何もしていないじゃない」

苦笑してみせながら、もしかしたら、と名香子は内心で考えていた。

――本当はレントゲンを見た会社の産業医からかなり厳しいことを言われたのではないだろうか？

今日の検査結果の説明に名香子を連れて行くことからして、その可能性が高いように思われた。せめて五分五分くらいの診立《みた》てだったなら、良治のことだ、今日の話は一人で聞いてきて、事後報告の形で名香子に結果を伝える道を選ぶような気がする。

「じゃあ、九時ちょうどに出よう。予約は十時だから」

良治はマグカップを手にして立ち上がる。まだ半分ほど残っているコーヒーを持って二階に上がるのだろう。

都立がんセンターはここから車で三十分ほどの距離で、広い丘陵地帯の真ん中に建っていた。五年前に新設された最新鋭の病院で、首都圏におけるがん先進医療の一大拠点として都内のみならず近県からも多くのがん患者が訪れているという。

二年前、英語学校の同僚講師が乳がんの手術で入院したときに名香子も一度見舞いに行ったことがある。びっくりするほど巨大で豪華で、文字通り「最先端医療施設」という印象の病院だった。その同僚もあっと言う間に手術を終えて退院し、いまは元気に仕事に復帰していた。

「今日は、私が運転しようか？」

階段のある玄関ホールへと向かう良治の背中に声を掛ける。

「いいよ。そんなの全然」

今度は向こうが苦笑を浮かべる番だった。

3

会計を済ませて病院の建物を出る。目の前の広い駐車場に向かって歩いていると、

「とりあえず昼飯でも食べない？」

良治が存外明るい声で言った。

「そうね」

名香子も同意する。

良治の愛車は、去年購入したレクサスのUXだ。レクサスのSUVの中では一番コンパクトなサイズだが、それでも前車の下取りを入れて諸経費込みで四百万円以上した。色はもちろん白。その白いレクサスががらがらの平面駐車場の中で陽光を浴びてきらきらと輝いている。

仕事が趣味と自認する良治だが、車は大好きで数年おきに買い替えてきた。

彼の会社は系列でいえば日産に近いはずだが、若い頃から一貫してトヨタ車に乗っている。ただ、ハイブリッドカーは決して選ばない。

「車というのはガソリンで走るものだからね」

それが彼のポリシーであるらしいが、その根拠が何なのかは分からない。

「どうして電気で走っちゃいけないの？」

名香子が訊ねると、

「ガソリンエンジンじゃなきゃ、車じゃないだろ」

これまたよく分からない答えが返ってくるだけだ。ジャンルが違うとはいえ、どうやらそこが彼のエンジニアとしてのこだわりであるらしかった。

名香子が右側に回ろうとすると、

「大丈夫だよ」

良治が笑みを浮かべた。

行きと同じように名香子は助手席に座った。

運転席に座りハンドルに手を置いた良治が、フロントガラス越しの明るい景色を見ながら、

「中くらいなりおらが春、ってところかな」

呟くように言った。

そして、助手席に顔を向けて、

「ま、めでたいことじゃないけどね」

また笑みを作る。

「良治さんは、絶対大丈夫だよ」

名香子は言う。それは自分に言い聞かせるための言葉ではなかった。重田《しげた》という名前の四十半ばと思われる医師の説明はとても懇切丁寧で、しかも現実的な希望の持てる内容だ

ったのだ。

「じゃあ、行こうか」

良治がハンドルを握って車を出した。時刻は午前十一時五分。

まさか、今からの食事が良治と二人で食べる最後の食事になるとは名香子は知る由もない。

4

名香子たちの家の最寄り駅から三駅都心寄りの駅が、この地域一帯で最も規模の大きなターミナル駅だった。名香子も何か大事な買い物のときにはその駅前にあるデパートを使っているし、それぞれの誕生日や何かのお祝い事で家族で食事をする場合は、やはり駅のそばに建っている大きなホテルの中の幾つかのレストランから店を選んできた。

病院を出てほどなく、良治がどこを目指しているのかが分かった。

きっとあのホテルの最上階にある中華レストランで昼食をとるつもりなのだろう。その店のランチが昔から良治のお気に入りなのだった。

あそこであれば席と席との間隔もずいぶん離れているし、平日のランチタイムはいつも空いているので感染の危険性はほとんどないと思われる。

この半年余り、夫婦で外食したことは一度もない。ただ、緊急事態宣言解除以降、良治の方は仕事の付き合いでたまに外で食事もしているようだった。

がんの告知を受けたばかりの彼が、お気に入りのレストランで久しぶりに名香子とランチを食べたいと思うのは決して無体《むたい》な望みではないだろう。

慎重な良治のことだ、最近、あのレストランで会食を行い、感染対策怠りないと確認済みだからこそ名香子を連れて行こうとしているのかもしれない。それに、そもそも自分が肺がんだと知ったのだから、感染に最も用心すべきは良治自身に他ならなかった。

案の定、二十分ほどでターミナル駅前に到着し、車はその先のホテルの地下駐車場へとすべり込んでいった。

「敦龍《とんりゅう》でいいよね？」

車のエンジンを切って良治が言う。

「この前、あそこで一つ接待があったんだけど、席と席とが全部仕切られていて感染対策は完璧って感じだったんだ」

やはり名香子の予想の通りだ。

伊達に二十年余り夫婦をやってきたわけではない、と彼女は思う。

「もちろん」

声に弾みをつけて頷く。

B2の地下駐車場からエレベーターで二十五階の最上階まで上がった。

正午にはまだ時間があるせいか「敦龍」に客はほとんどいなかった。ウエイターが奥の席へと案内してくれる。なるほど良治の言うように、それぞれの席は仕切りで囲われ、すべてが個室仕様に変更されている。

「へぇー」

四人掛けのテーブル席について名香子が感心した声を出すと、

「ね、これなら家で食べるのと大差ないだろ」

大きな窓に面しているので閉塞感はない。窓の向こうにはショッピングモールを併設したターミナル駅の大きな建物と三路線が乗り入れる巨大なコンコースが見下ろせた。そして駅のすぐ先にはなだらかな丘陵の斜面に沿ってびっしりと甍《いらか》を連ねる家々の風景が広がっている。

良治の勤務する研究所もあの住宅地の外れに施設を構えているはずだった。

ウエイターが水を持って来ると、良治は一人三千五百円のランチコースを頼み、メニューを閉じて言った。

「ちょっと飲んでもいいよね？」

「ええ」

名香子が頷くと「じゃあ、瓶ビールとグラスを一つ」と付け加える。

車で食事に出たときは往路は良治、復路は名香子と運転の順番は大体決まっていた。酒好きの良治は、何か食べるときは必ず飲みたがったし、一方、名香子の方は飲もうと思えば結構飲めるクチだがアルコールにさしたる執着はない。飲まないなら飲まないで一生過ごせる自信だってあるのだ。

前菜から始まったランチコースは思いのほか豪華だった。

「昔よりメニューが贅沢になってない？」

「こういう時期だからね。お店も必死なんだと思うよ」

良治が旺盛な食欲を見せながら言う。

この人が肺がんだなんて、どう見ても不思議だと名香子は思わざるを得ない。

だが、つい先ほど重田医師に見せられたCTの画像には、右肺の辺縁部にもやっとした淡い影ではあるもののしっかりとがんのかたまりが捉えられていたのだ。

「大きさも三センチ足らずですし、芯の部分はさらに小さい。場所も一ヵ所だけで転移も認められません。早期発見と言ってもいいと思います」

重田医師ははっきりとそう言った。

「切除すれば完治できるでしょうか？」

良治の質問にも、

「さらに詳しい検査をしないと確言はできませんが、手術をすれば恐らく完治が見込める段階だろうと思います」

どうやら良治は肺がんについて詳細に調べてきたようだった。その後は医師との間でかなり専門的なやりとりが続き、名香子は黙って二人の話を聞くばかりだった。

来週、一泊か二泊で入院してさらに精密に検査を行い、その上で最終的な治療方針を決めるということで今日の重田医師との面談は終わったのだった。

「明日にでも会社に伝えて来週の検査入院の日取りを決めるよ」

フカヒレのスープをレンゲですくいながら良治が言った。

「重田先生も、今の段階でもステージＩは間違いないと言っていたからね。仮にＩ期で最も進行しているＩＢだったとしても五年生存率は七割以上なんだ。ＩＡだったら優に八割を超えるしね。先生も匂わせていたけど、手術で取り切れれば完治の可能性が高いと思うよ」

良治は小さなグラスにビールを注いで旨そうに味わっていた。キリン一番搾りの中瓶はまだ半分ほど中身が残っている。

いつもに比べればペースはずいぶんとゆっくりだ。

それでもコース料理が進んでいくうちに良治の顔がほんのり赤くなってきた。酒に強い彼が頬を染めるなど滅多にないことだった。まして、ビールの中瓶程度でそうなるなんて考えられない。やはり今日までの半月近く、よほどに緊張の日々が続いていたのだろうと察せられた。

そうやって傍らで夫が思い悩んでいたというのに、ちっとも気づいてやれなかった我が身が名香子は少し恥ずかしい。

デザートのマンゴープリンまでしっかり食べ終えたところで、良治はまだビールの残っているグラスを脇にどけて姿勢を改めた。

「なかちゃん」

背筋を真っ直ぐにしてこちらの顔を見つめてくる。

「今日は、なかちゃんに大事な話があるんだ」

名香子の方はまだ黄色のプリンを食べている最中だった。だが、居住《いず》まいを正した良治の真剣な表情に触れて、スプーンを皿に戻す。

――大事な話？

ついさきほど肺がんの告知を受けてきたばかりの自分たちに「大事な話」とは一体何だろうか？　「今日は」という一句からも、彼の病気に関わる話であろうことは想像に難くない。

「いつにしようかとずっと悩んできたんだけど、本当に肺がんだと分かったら、そのときはちゃんと話そうと決心していたんだ」

「決心」という一語が名香子の耳を打った。

万事冷静、淡々とした理系人間の良治にはおよそ似つかわしくない強い言葉だった。

「実は、好きな人がいるんだ」

良治が言った。

「一年ちょっと前に出会って、ずっと付き合ってきた。といっても、こんな状況だからしょっちゅう会うわけにもいかなかったんだけど……」

名香子はじっと良治の顔を見ていた。

彼が一体何を言っているのかよく分からない。

5

「今日から彼女の家に行くつもりなんだ。肺がんだとはっきりしたらそうしようと決めていたから」

名香子が何も言わないので、良治は自分の言葉を繋いでいく。といって気まずそうでもなければ、言いづらそうな雰囲気でもない。最初からこうした展開を織り込んだうえで、語るべきは語ると心に決めている気配、要するに断固たる意志のようなものが彼の発する一語一語に籠《こ》められているのが分かる。

だが、言われている名香子には相変わらず、目の前の夫が何を言っているのかよく理解できなかった。

「この二十二年、なかちゃんには本当にお世話になったと思っている。なかちゃんのおかげで真理恵もしっかりとした娘に育ってくれたし、それはもう幾ら御礼を言っても言い足りないくらいだと感謝しているんだ。だから、なかちゃんのことが嫌いになったとかそういうことではまったくない。もし、一年前、彼女と再会していなければ、恐らく僕はこのまま死ぬまでなかちゃんとの結婚生活を続けていったんだと思う。だけど、現実には彼女と出会ってしまった。こんなふうに言うと、なかちゃんには失礼で辛い言い方になるかもしれないけど、彼女と出会って、僕は彼女のことがなかちゃんより何倍も好きになってしまった。初めは一時的な気の迷いじゃないかと自分に問いかけたけれど、正直、そうではないと最初から分かっていた気もする。

　そして、こんなコロナの状況の中で一年余りが過ぎて、自分がこうして肺がんに罹ってみて、僕はいまこそ決心をつけるべき時だと感じたんだ。さっきの重田先生の説明の通りで、幸いなことに僕の肺がんは早期で、充分に完治可能だと思う。そこは僕も余り疑ってはいない。むろん来週の検査結果次第でどうなるか分からない部分はあるにしても……。

　でも、それでもがんという病気は僕の人生にとって計り知れないほど重たいものだと感じるんだ。自分がとうとうがんに罹る年齢になったという感慨もある。そうやって死というものに一歩一歩近づく自分がいると初めて実感できた気がする。

　実のところ、彼女と出会って、彼女のことを本当に好きになってみて、ヘンな話なんだけど今回とまるきり似たような気持ちにとらわれたんだ。ああ、この僕の人生にも〝もう一度〟があったんだ、そしてこの〝もう一度〟こそが間違いなく最後のもう一度なんだろうって。

　そうやって、人間は長い人生の中で幾度か〝もう一度〟のチャンスを与えられるんだと思う。そのチャンスを摑《つか》むか、それとも見送るかは全部自分次第なんだ。思い返してみれば、僕にも何度かそうしたチャンスはあった気がする。なかちゃんと結婚する前も、結婚した後もね。そしてそのどれもを僕は見送ってきた。現状維持を選び続けてきた。それはそれで間違いではなかったと思うし、悪いことでもなかった気がする。何よりそうした選択は全部自分自身の責任だったんだと思う。

その結果として、とうとういま僕に最後の〝もう一度〟がやってきた。

これをまた見送って現状維持を選ぶのか、それとも今度こそ人生をやり直す道を選ぶのか。そこもまた全部僕自身の判断にゆだねられているんだろうね。

今回、僕は、やり直す方を選んだんだよ。

最後のチャンスを掴み取って、今後の人生を、彼女と一緒に生きていく人生に変えようと決めたんだ。

さっきも言った通り、なかちゃんが嫌いになったわけじゃない。ただ、彼女のことがもっともっと好きになって、どうしても彼女と一緒に生きていきたいと願うようになった。決断の理由はそれ一つきりなんだ。

なかちゃんとの結婚生活は穏やかで平和で、振り返ると何一つ不満を言うべきことなんしない気がしている。真理恵も出来のいい、親にあまり心配をかけないとてもいい子に育ってくれたしね。彼女も去年、大学生になってこれからは自分自身の人生を着々と築き上げていくんだと思う。

こんな話を延々続けたって、いきなり別れ話を切り出されたなかちゃんがついていけないのはよく分かる。だから、もっと詳しい話はまた別の機会にできればと思っている。とりあえず今日から僕は彼女のところへ行くよ。これからの治療は彼女と一緒に進めて行こうと思っているし、彼女もそのことは了解してくれているんだ。

なかちゃんと暮らしているあいだに手に入れたものは全部なかちゃんに渡すつもりだよ。あの家も家の中にあるモノも全部なかちゃんのものだ。たとえ僕のモノでも要らないものはみんな処分して貰って構わない。すべてなかちゃんに任せる。

今日乗って来た車もなかちゃんに渡す。僕はここからタクシーで彼女の家に向かうつもりだから。日用品や何かは全部彼女の方で揃えてくれているんだ。家から僕が持ち出すべきものは何もない。仕事に関係する書類や資料なんかはもとから全部会社に置いてあるし、その会社も近々で退職の予定にしている。

肺がんになったからそうするんじゃなくて、彼女と一緒に暮らすことができるようになったら会社はすぐに辞めようと前から決めていたんだ。これからの人生、できるだけたくさんの時間を一緒に過ごしたいからね。

退職金が出たら、半分はなかちゃんに送金するよ。

できることなら離婚して貰いたいけど、これはあくまで僕の一方的な希望に過ぎないから、なかちゃんが離婚なんてとんでもないと言うならとりあえず諦める。ただし、少し時間が経ったら離婚届の用紙だけ送っておくよ。もしもなかちゃんがそういう気持ちになったら、そのときは連絡して欲しい。離婚の意志が固まったら、その段階で弁護士さんも交えていろんな手続きを正式に行った方がいいと思うからね」

良治はゆっくりとだが、一度も言い淀むことなく長い言葉を連ね終えると、脇にどけていたグラスを持ち上げて残りのビールを飲み干し、椅子から立ち上がった。

ジャケットの内ポケットに手を入れて白い封筒を取り出すと、彼はそれを着席したままの名香子の前に置いた。

「連絡先その他、この中の紙に書いておいたから。何か連絡したいことがあったらいつでも連絡を下さい」

良治はそう言うと、今度はズボンのポケットから車のキーを取り出し、封筒の上に載せた。

名香子はその封筒と車のキーをじっと見つめているばかりだ。どういうわけか良治に顔を向けることができなかった。まるで、ここで一目彼の姿を見てしまえば、それが今生《こんじょう》の別れとなってしまうような、そんな恐れを感じてしまったからかもしれない。

6

勘定書きを持った良治が立ち去った後、名香子はしばらく身じろぎもしなかった。目の前の封筒と車のキーを見たり、窓の外の明るい景色を眺めたりして空白の時を過ごした。

五分ほど経ってだろうか、ふと、食べかけのマンゴープリンの皿が封筒とキーの手前に置かれているのに気づいた。名香子はスプーンを取ってプリンを最後まで食べた。

ちょうどそのとき、左手側のドアがノックされ、ウエイターが入ってくる。

「お茶のお代わりをお持ちしました」

そう言って、彼はジャスミン茶の入ったポットを差し替え、良治と名香子のプリンの皿とスプーンを回収し、「ごゆっくりどうぞ」と言って出ていった。

名香子は封筒とキーをテーブルの左端に手の甲で寄せ、プリンの皿のあった場所に置かれた新しいジャスミン茶のポットに手を伸ばす。両手でポットを包み込んでその温みを味わい、それから、新しい茶碗にジャスミン茶を注いだ。

湯気と共に茶の香りが立ち昇って、鼻腔へと届く。ちゃんとジャスミン茶の香りがする。

茶碗を持ち上げて一口、わりと多めに口に含んで静かに飲み下した。

ちゃんとジャスミン茶の味がした。

茶碗をテーブルに戻して、名香子は端に寄せていた白い封筒を車のキーの下から抜いた。

一つ息をついて、接着されていないベロを開き、中の便箋を取り出す。

東京都足立区千住富士見町4―1
「ジョウロ」（喫茶店）

０３－３８８１－１７７×
香月雛（かつき　ひな）

※平日は朝から夜の十時くらいまで大体ここにいます。土日は休み。土曜日はたまに営業。
※香月さんは、高校のときの同級生。僕が生徒会の会長だったとき副会長だった人です。
※何かあったら、もちろん僕の携帯にかけてきても構いません。

これまで長いあいだお世話になりました。誠にありがとうございました。

令和二年九月十七日

徳山良治

パソコンで打った文字が並んでいる。日付は今日。便箋は一枚きりだった。

やはり名香子には、いま自分が目にしているものが一体何なのかよく分からなかった。

ただ、それでもこうして紙面の上に文字を追ってみて、さきほどの長々とした良治の話よりは我が身が置かれている状況に少し現実味が増したような印象はある。

――良治は一体どうしてしまったのだろう？

ぽつんとその言葉が頭に浮かんだ。

彼から「実は、好きな人がいるんだ」と切り出されて今の今まで、言葉というものが何一つ頭に浮かんでこなかったことに、その瞬間、名香子は気づいたのだった。

――良治は頭がおかしくなったのだろうか？　それともこれは悪質な冗談、洒落にならない悪戯《いたずら》なのか？

手元の便箋の文字を見つめ、名香子は自問する。

――悪戯だとしたら、こんな仕打ちを受けなくてはならないような、そういう何かひどいことを自分は知らぬ間に良治に対して行っていたのだろうか？

一つ言葉が意識に灯ると次々と溢れ出してくる。

――肺がんの疑いで思い悩んでいるのに私がちっとも気づいてやれなかったのを彼は根に持っているのか？　だから、作り話とはいえこんなひどい意趣返しに出てきたのだろうか？

名香子は、椅子の背と腰のあいだに置いていたバッグを膝上に持ってきて中からスマートフォンを取り出した。

検索バーを呼んで、「千住富士見町　喫茶店ジョウロ」と打ち込んでみる。

検索結果がずらりとディスプレーに並んだ。

どうやら「ジョウロ」という店は実在するようだった。

検索バーに戻って、今度は「香月雛」と打ち込んでみる。こちらは一件のヒットもない。

ヒット数ゼロの表示に胸を撫で下ろしている自分がいる。

――やはり、これは良治の作り話なのだ。一体どういう意図でかは分からないが、肺がんの告知を受けたら、こんなふうに私にいっぱい食わせてやろうと計画していたのではないか？

ジョウロという喫茶店は実在するが、「香月雛」などという女性はどこにもいない。さきほどわざわざ車のキーまで置いて自分の前を立ち去ったが、実は、タクシーですでに自宅に向かっているのではないか。こっちが悄然とした姿で帰宅してみると、クラッカーでも鳴らして、

「なかちゃん、すっかり騙されちゃったね」

と大笑いするのではないか。

名香子が食ってかかると、

「なんでこんなひどいことをするの？」

「がんの告知を受けた日だからね。なかちゃんにも僕と同じようなショックをお見舞いしてやりたくなったんだよ。だって、なかちゃん、この半月近く僕がすごく不安で悩みに悩んでいたのに何にも気づいてくれなかったじゃないか。そんなの妻として失格だろ」

良治は幾らか真剣な口調になって、そうとでも言い返してくるのではないか。

　大体、足立《あだち》区千住《せんじゅ》の喫茶店というのがケッタイだ。

　勤務先も住まいも東京の西端に近い街にあって、そこで長年暮らしを培ってきた良治に東京の東の端とも言える千住の喫茶店など馴染みがあるはずもない。

　栃木から上京してからこれまでの彼の経歴を振り返っても、東京の東側の地域と関わったことなど一度もなかったのではないか。彼の勤める会社の本社は田町《たまち》だし、入社以来働いてきたのはここから車で三十分ほどの場所にある大きな研究所だ。大学だって目黒《めぐろ》の大《おお》岡山《おかやま》だし、独身時代からずっと彼は隅田川《すみだがわ》や荒川《あらかわ》ではなくて、多摩川《たまがわ》の流域で生活してきた。

　ジャスミン茶を一杯飲み干すと、名香子は席から立ち上がった。広げた便箋を畳み、白い封筒にしまってバッグにおさめる。車のキーは上着のポケットにしまい個室を出た。

　時刻はいつの間にか午後一時をだいぶ過ぎている。

　広い店内に客がまばらなのは昼時を過ぎたせいなのか？　閑散とした雰囲気はそうではなく、やはりコロナによる客足の激減を示唆しているように見える。

　久方ぶりの外食がこんなことになるなんて……。

　いまの名香子には自分が何を食べたのかさえよく分からなくなっている。

　地下二階の駐車場までエレベーターで降りる。このホテルに来ればデパートや駅ビルで何か買って帰るのが常だがそんな気分になれるはずもない。良治が、早期とはいえ肺がんだと分かって心の真ん中に重い荷物がどんと置かれた心地になったが、その荷物の上にもう一つ、比較にならないくらい大きな鉄のかたまりを載せられたようだった。

　気持ちが動転しているのか、駐車場のなかで名香子はずいぶん迷ってしまった。

　五分ほどうろうろした末にようやく白のレクサスを見つけたときは安堵で力が抜けそうなくらいだった。

　運転席に座る。つい二時間前まではこの席に良治がいて、名香子は助手席だった。病院の駐車場で運転を替わろうとしたとき、「大丈夫だよ」と笑みを浮かべた良治の顔を思い出す。

　ハンドルに手を置いた良治が、明るい景色を眺めながら「中くらいなりおらが春、ってところかな」と呟いたときの表情はどうだったか？

「ま、めでたいことじゃないけどね」

　そう付け加えてこちらに向けた笑顔も、告知を受けた直後とはいえ、普段の落ち着いた良治のそれだった。

　——きっとこれは悪い冗談なのだ。

　先ほど来の思いを反芻した。

　家に帰ったら良治が何食わぬ顔で玄関先に出てくるに決まっている。

　車のエンジンをスタートさせる。運転席の液晶モニターに各種計器の画像が浮かんだ。

　そこで、名香子の視線はある一点に自然に吸い寄せられていった。普段運転するときは滅多に見ないその数字になぜ今日に限って注目してしまったのか？　名香子にも理由は分からなかった。

〈１０４００〉

となっている。

オドメーターの数字だった。この車の積算走行距離を示す数字である。

例によって、その数字の意味を了解するのに少し時間がかかる。頭の回転が驚くほど鈍っているのが自覚できる。

「一万四百キロ……」

心で小さく声に出し、

「なんで……」

今度は実際に呟いていた。

良治がこの車を購入したのは去年の九月。ちょうど今の時期だった。前の車同様にたまに通勤にも使っていたが、今年に入ってコロナウイルスが蔓延してからは彼も在宅勤務の日が多く、緊急事態宣言中はずっと家で仕事をしていた。研究所に行く日数が激減したのだから、車で出かける回数も一気に減っていた。

そもそも自宅から研究所までは車だと十五分足らず。往復距離はせいぜい二十キロ未満だろう。

むろん今年は車での遠出など皆無だったし、去年だってこの車で良治と遠くへドライブしたのは年末に一泊で伊香保《いかほ》温泉に出かけたときだけだ。真理恵が大学に入って独居生活を始め、二十年振りの夫婦水入らずの旅だった。奮発して値の張る温泉宿に泊まり、豪華な食事としっとりとしたお湯ですっかり寛いだ。長年の子育てを終えた、親業卒業の記念旅行でもあった。だが、それにしたって自宅と伊香保の一往復で稼げる距離は三百キロがせいぜいだろう。

だとすると、この一年で一万キロ以上もの走行距離が出ているのは明らかに奇妙だ。

名香子は助手席に置いたバッグからスマートフォンを取り出して、音声認識機能をオンにした。

「ここから千住富士見町までの距離は？」

と訊ねる。

「千住富士見町までの車での距離は約五十三キロです」

という答えがすぐに戻ってきた。

家や良治の勤める研究所からの距離も似たり寄ったりだろうから、自宅や職場と「ジョウロ」という喫茶店がある足立区千住富士見町までの往復距離は大体百キロ。

仮に一年間、良治が平均で週に二回、この車で「ジョウロ」に出かけていたと考えると、月に八回となって一ヵ月の走行距離は八百キロ。一年で換算すれば合計九千六百キロになる。それは、目の前のオドメーターの示す走行距離一万四百キロとほぼ合致すると言ってもいいのではないか？

名香子はうまく回らない頭を懸命に回す。

そういえば良治は、相手の女性と「一年ちょっと前に出会って、ずっと付き合ってきた」と言っていたのではなかったか。

彼は、こんなふうにも言っていた。

「もし、一年前、彼女と再会していなければ、恐らく僕はこのまま死ぬまでなかちゃんとの結婚生活を続けていったんだと思う」

さらにはこんなふうにも。

「そして、こんなコロナの状況の中で一年余りが過ぎて、自分がこうして肺がんに罹ってみて、僕はいまこそ決心をつけるべき時だと感じたんだ」

一年ちょっと前に「香月雛」という女性と出会い、その直後にレクサスUXを購入した。そして、この新しい車で良治は「香月雛」のいる千住富士見町の「ジョウロ」へ足繁く通い始めた……。

両手でハンドルを握り、崩れそうになる体勢を支える。じわじわと握り手に力を籠めていった。手の力が腕を通って背骨へと伝わっていく。やがて背筋が伸び、ハンドルに突っ伏しそうだった身体がしゃんとする。自分を包み込んでいた白いモヤのようなものがみるみる取り払われて周囲の光景がはっきりしてくるのが分かる。

フロントガラスの向こうにあるのは地下駐車場の殺風景な有り様だった。

だが、気分は先ほどよりもずっとすっきりしていた。

こうしてハンドルを握り、良治は私の目を盗んでいそいそと千住富士見町に出かけていたのだろう。「ジョウロ」という喫茶店は、きっと香月雛というかつての高校の同級生が営んでいる店なのであろう。

――悪戯や冗談で肺がんの告知を受けたその日に妻に向かって愛人の存在を告白する男なんているはずがない。

不意に目が覚めたような心地で名香子は思った。

良治が話したことは全部事実なのだ。

「今回、僕は、やり直す方を選んだんだよ。最後のチャンスを掴み取って、今後の人生を、彼女と一緒に生きていく人生に変えようと決めたんだ」

あのセリフこそが良治の嘘偽りのない決意に違いない。

7

帰り道の風景は何も変わっていない。

休みの木曜日、一人であの駅のデパートに買い物に出かけることはよくあった。良治が車を置いて出勤したときは今日と同じように家の車を使って往復した。

通い慣れた家路の景色はいつもと同じだ。春夏秋冬何度も辿ってきた道は、目を瞑っていても運転できるような気がする。それはゆるぎない名香子の日常の一部だった。夫や娘、自分のために必要なものを購《あがな》い、部屋の隅々を整えるためのものを揃え、名香子は徳山の家を守ってきた。家事だけではない。結婚後も仕事を続け、産前産後の一時期を除けば真理恵が乳飲み子の頃から育児と家事と仕事の三本柱を崩すことなく維持してきた。七歳も年長の良治にさしでがましい態度を取ることは極力控えてきたし、彼一人に経済的な負担を押し付けることもしなかった。

すでに相応以上の金額が徳山家の預金通帳に貯えられているのは、良治の稼ぎというよりは名香子の収入によるものだ。

経済的な安心は何ものにも代えがたい。その安心を夫の定年前に築き上げられたのは良治のみならず妻である名香子の手腕だと捉えても罰は当たらないだろう。そういう自負が名香子にはあった。

いまの家を建てたのはちょうど十年前、二〇一〇年の春だ。ガレージも庭もある一戸建ては名香子の夢だった。良治の特別ボーナスによってその夢が実現したことで、彼女は心から良治に感謝したのだ。

この先、この立派な家を守っていくのは自分の務めだと肝に銘じたのをいまでもはっきりと憶えている。

父親が転勤族だった名香子はずっと社宅住まいだった。その父が独立して兵庫県明石《あかし》市に定住したのは名香子が高校二年生の頃で、父が買ったマンションで暮らしたのはほんの一時期に過ぎない。大阪の外語大に進学した名香子は、そこからは結婚するまでずっと独り暮らしを続けた。だからこそ、新築一戸建てでの生活は彼女にとっては大きな憧れでもあった。十年前、社宅扱いだった賃貸マンションを出て、この住宅地に移り住んだとき、名香子は三十七歳で年来の夢が実現した喜びを深く噛み締めたのである。

ガレージに車を置いて家に入った。

時刻は午後二時半になろうとしている。

家の中は静かだった。一階のリビングには庭先から秋の日差しが存分に注ぎ込み、レースのカーテンの木の葉模様をベージュの無地のカーペットに薄く散らしている。

その穏やかなたたずまいに名香子はホッと一息つく。

着替えるために二階へと上がった。

寝室で部屋着にあらため、ベッドの縁に腰を下ろした。シングルベッドの上にも窓からの明るい光が広がっていた。

ふと、もう一度、良治が残していった便箋を読み直してみようと思う。それから、「ジョウロ」という喫茶店の情報をネットで詳しく調べてみようと。

だが、封筒やスマホを入れたバッグがなかった。そういえばダイニングテーブルに置いてきたのだと思い出す。

ベッドから立ち上がり、寝室を出ると良治の仕事部屋へと向かった。

ドアの前で立ち止まり息をひそめて中の気配を窺う。

もしかして、良治がこっそり隠れているのではないか？

あり得ないと思いつつも、つい一縷の望みを託してしまう自分がいた。

ドアの向こうからは何も伝わってこない。諦めをつけて名香子はドアを開けた。

良治の部屋も普段通りだった。パッと見で何も変わったところはない。仕事机の上のパソコンもそのままだ。

それは去年買い替えたばかりのハイエンドモデルで、彼の会社の製品だった。個人ユーザー向けとしては最も高級な機種で、周辺機器を含めれば五十万円以上かかったのではないか。彼は、そういう贅沢な買い物は自分のへそくりでやりくりしている。詳しくは知らないのだが、大学院時代に幾つか特許を取っていて、ときどきその特許使用料が入ってくるようだった。

家を捨てて出て行くというときに、このお気に入りのパソコンを持っていかないことなどあり得るだろうか？

部屋に足を踏み入れ、ウォークイン・クローゼットの扉を開く。先《ま》ずは左の壁に造り付けの箪笥を下の段から順々に引いていった。自慢のTシャツのコレクションもそのままだ。良治は、欧米のロックバンドを中心としたTシャツのコレクターだった。アメリカ勤務時代に始めた趣味で、今ではこの箪笥一杯になっている。几帳面な性格とあって、きちんと畳まれたTシャツが引き出しに整然と並んでいた。最上段の中身を名香子はチェックする。ここには彼が一番大事にしているTシャツがしまわれているのだ。どれも一枚数万円はするヴィンテージものだった。

まだ真理恵が幼稚園に入ったばかりの頃、名香子はそんな一枚を捨てたことがある。

独身時代から愛用していたよれよれのＴシャツで、にもかかわらず、家に人が来ても平気でそれを着て応対する。あるとき、幼稚園のおかあさん仲間が名香子宅に集まって園のイベントの打ち合わせを行うことになり、その日がたまたま土曜日で良治も居合わせたのだった。夏の時期ではあったが、彼は例によって件のＴシャツ姿で皆の前に顔を出し、名香子はひどく恥ずかしい思いをさせられた。腹いせもあって、次の洗濯のときに洗うだけ洗ったうえで捨ててしまったのだ。

「ねえ、カート・コバーンのシャツは？」

良治に訊かれても、何を言っているのか分からなかった。名香子はＴシャツに大きくプリントされた人物がカート・コバーンで、彼が一体何者かをまるで知らなかったのだ。それでも、例のＴシャツのことを言っているのは分かったので、

「あれなら、すっかり古びているから処分しちゃったよ」

何気なく答えると良治の形相がたちどころに険しくなった。そんな顔を見るのは知り合って初めてなくらいだった。

「一体、きみはなんてことをしてくれたんだ」

怒りを押し殺した声で、彼は言った。

「あれがどれほど貴重なものかをきみは分かっているのか？」

その日、良治は名香子に自分のコレクションの一枚一枚を見せながら、それぞれのシャ

ツの価値をしつこいくらい丁寧に説明した。どれも貴重なシャツで、一枚数万円を下らない品がうじゃうじゃあるのを名香子は初めて知った。

「どんなに大事なシャツでも、Tシャツは着てナンボというのが僕の信念だったんだ。もとからこのコレクションを売り払う気なんてさらさらないしね。でも、今回きみがしでかしたことで、僕はその信念を撤回すると決めた」

良治はそう言って話を締めくくり、それから数日間は名香子とも必要最低限のやりとりしかしてくれなかったのだった。

上段の引き出しには、大好きなレッド・ツェッペリンやニルヴァーナのTシャツもちゃんと揃っている。

箪笥を閉じて、今度はクローゼットの奥に置かれた収納ボックスをあらためることにした。大学時代から将棋を始めた彼は、アマ五段の腕前を誇っていたが、

「徳山君だったら小さい頃からやっていれば奨励会入りも夢じゃなかったよ、とよくプロの人たちに言われたんだ」

というのが一つ話で、歴代有名棋士たちの直筆揮毫《きごう》入りの扇子もたくさん蒐集している。桐箱に入った扇子が収納ボックスにぎっしりと詰め込まれているのだ。

ボックスを開けると、扇子コレクションもそのままだった。何しろきれいに整理されているから一本か二本持ち出したとしてもすぐに分かる。目の前のボックスの中身は一切手付かずのようだ。

他に良治が大切にしている私物といえば玄関のシューズイン・クローゼットにしまってあるゴルフクラブのセットくらいだったが、恐らくあれも置いていったままだろう。小物のTシャツや扇子さえ持ち出していないのだから、ゴルフバッグを持って行ったとは思えなかった。

——あの人、本当に出て行ったのだろうか？

またしても、名香子は良治の意図が読めなくなったような気がした。

大袈裟でなく半生かけて集めた貴重なコレクションを全部置き去りにして愛人のもとへ奔《はし》るなど、およそ名香子の知っている良治とは思えない。

「とりあえず今日から僕は彼女のところへ行く」

と良治は言った。「とりあえず」ということは正式ではなくて、一度はここに戻って私物を運び出すつもりなのだろうか？

だが、その一方で、

「あの家も家の中にあるモノも全部なかちゃんのものだ」

と言い、たとえ良治のモノでも名香子が不要と判断したものは勝手に処分してくれて構わないと言っていた。

そうだ。

日用品は全部彼女が揃えているから、家から自分が「持ち出すべきものは何もない」とも言っていたのではなかったか。

会社もすぐに辞めて、退職金は名香子と折半にすると。そのお金は名香子宛てに「送金する」という話だった気がする。

名香子は三畳ほどのウォークイン・クローゼットの中で大きなため息をつく。

今日何度目かのセリフが頭に浮かぶ。

——一体、良治はどうなってしまったのか？

そこで、一つ閃いたことがあった。

ここにあるTシャツや扇子をいまから庭に持って行って燃やしてみてはどうだろう？　先ずは火をつける直前の様子を動画に撮って良治にラインしてみるのだ。反応がなければ、Tシャツを一枚ずつ、扇子を一本ずつ燃やしていく。その一々を動画に撮ってどんどんラインで送りつける。

要らないものは全部処分していいと良治本人が言っていたのだから、それくらいのことをしても文句を言われる筋合いはない。だが、金もかけ苦労もして蒐集した大事なコレクションが灰と化していく様子を目の当たりにしたら、ああは言っても心中穏やかではいられずに飛んで帰って来るのではないか？

しばらくそんな妄想を弄《もてあそ》んだのち、名香子はクローゼットを出た。

とにかく、彼の真意をいま一度確かめるのが先決だった。

中華レストランではいきなり突拍子もない別れ話を切り出され、挙句、良治は一人で喋るだけ喋ると名香子の意志など何一つ確かめるでもなく、さっさとその場から遁走してしまったのだ。

甲高い声で呼び止めるなり、追いかけて連れ戻すなりすべきだったと今になって思うが、あのときは余りにも唐突で想像もできない一場を前に、名香子自身が正常な判断力を失ってしまった。こうやって振り返れば、それもまた良治の計算の内だったのかもしれないが……。

良治の仕事部屋を後にして彼女は一階へと降りる。

良治が置いていった便箋を読み返し、千住富士見町にある「ジョウロ」についてもネットであらためて調べてみよう。

そして、今日中に良治をこの家に呼び戻さなくてはならない。

8

電話はすぐに繋がった。

当然ながら「ジョウロ」ではなく、良治のスマートフォンに掛けた。

「いやに遅かったね。せっかくタクシーだったのに」

快活な声で良治が意味不明なことを言う。

「何が遅かったの？」

「電話をしてくるのがだよ。電車だと周囲がうるさくてちゃんと話せないから、わざわざホテルからタクシーに乗ったのに」

それで何を言っているのかが分かった。彼女のところへ向かうあいだに名香子がきっとこうして電話を掛けてくると良治は踏んでいたのだ。

「いま、どこなの？」

「千住だよ。香月さんのマンション」

あのホテルから千住まで車だと一時間くらいか。良治は午後一時前に中華レストランの席を立った。とっくに三時を回っているから、一時間以上前に香月雛のマンションに到着していたわけだ。彼女の住まいは店の近くなのだろう。

「とにかく今日中に帰って来てちょうだい。ちゃんと話し合いましょう」

名香子は言った。

二十二年連れ添った妻の頼みなのだ、それくらいは当然だ、との思いは籠めるが口にはしない。こういう場合、浮気をしている夫の前で下手に出るのは禁物だし、第一そんな情けないことをどうして自分がしなくてはならないのか。

「それはできないよ」

ところが、良治の答えはにべもなかった。

「できない？」

あなた、何ふざけたことを言っているの？　という一語を飲み込む。

感情的になるのは下手に出るのと同じくらいの愚策である。

「手紙にも書いた通りだよ。平日はほとんどジョウロにいるし、ちゃんと話すんだったらジョウロで話せばいいよ。夜の十時くらいまではやっているから今日でも構わないよ。僕もこれから店に行こうと思っていたところだしね」

良治の余りの物言いに名香子は声を失う。

この人は、一体何を言い出すのだ。

どうして愛人のやっている店にこちらからのこのこ出張って夫婦の問題を「ちゃんと話す」必要があるというのか。

「じゃあ、こんな便箋のメモ書き一枚で、あなたは私と別れることができるとでも思っているの？」

「なかちゃん、僕はそんなこと思ってないよ。なかちゃんが僕と会いたいのならいつでも会うし、それこそ今夜だっていいんだ。ただ、一度家を出てきた以上、もう二度とそこの門をくぐるわけにはいかないと言っているんだよ」

呆れた言い草にうんざりする。

妻の了解もなく家を出ると勝手に決めた夫にいかなる大義名分があるというのだろうか。馬鹿馬鹿しくて言い返す気にもならない。

「ねえ、良治さん」

彼女は別の方向から話を進めてみようと思った。

「何か、私には言えない特別な事情があるんじゃないの？　それでそんなとんでもない作り話をこしらえて、この家を出ようとしているんじゃないの？」

不意に思いついたこととはいえ、言葉にすると、その通りかもしれないという気がしてきた。会社かプライベートかで法外な事件に巻き込まれ、彼は名香子や真理恵に迷惑がかかるのを恐れて家を捨てようとしているのではないか？

「特別な事情？　そんなのあるわけないよ」

しかし、良治はあっさり否定する。

電話の向こうで苦笑いを浮かべているのが分かる。

「敦龍でも話した通りで、肺がんだとはっきり分かったら家を出て香月さんのところへ行こうと決心していたんだ。それだけだよ」

名香子はため息をつく。いまの彼に何を言ってもまともな返事は期待できないという絶望的な気分になってくる。

「私たちのことを話したいのに、どうして私が彼女の店に出向かないといけないの？」

どうせまともな答えなど返ってこないと思いながら名香子は訊ねた。

「できれば、彼女も交えて三人で話したいんだ。それが駄目なら、なかちゃんと香月さんの二人で話して貰ってもいい。とにかく彼女に一度会って貰いたいんだよ」

やはりとんでもない答えが返ってきた。

しかも、その口調からしてどうやら彼は本気のようだ。

「どうして、私がそんな人と二人で会って話さなくちゃいけないのよ。良治さん、一体何を考えているの？」

さすがに名香子の声も尖ってしまう。

しばらく向こうは無言だった。

「とにかく、なかちゃんとはいつでも話し合うけど、その家に帰るのは御免だ。できれば千住に来てほしいし、どうしても嫌ならどこか別の場所で会ってもいい。その代わり彼女は必ず一緒に連れて行くよ」

不意に良治はそう言うと、

「じゃあ、僕はこれから店に行くから」

と付け加えて一方的に通話を打ち切ってしまったのである。

9

一週間が過ぎても良治は帰って来なかった。

二十一日が敬老の日、二十二日が秋分の日だったので、世間は十九日土曜日から秋分の日の火曜日までの四連休だった。政府の「ＧｏＴｏトラベル」キャンペーンもあり、全国の観光地は人々であふれ、旅行業者やホテル・旅館業者、観光地の飲食店などはどん底まで落ち込んでいた売上を多少なりとも持ち直すことができたようだった。

その分、夏前から始まっていた感染第二波のさらなる拡大を危惧する声も多く聞こえてきている。

週は二十日から始まるとはいえ、良治が検査入院に使える日にちは二十三、二十四、二十五日の三日しかない。

連休明けの二十三日水曜日、よほど連絡して検査日を訊ねようかと迷ったが、スマホでラインアカウントや電話番号を呼び出すたびに、

「これからの治療は彼女と一緒に進めて行こうと思っているし、彼女もそのことは了解してくれているんだ」

という彼の言葉が脳裏によみがえってくるのだった。もちろん向こうからは一切の連絡はない。

仕事は休まなかった。英会話教室に祝日はなかったし個人レッスンも同様だ。良治が出て行った翌日から名香子はスケジュール通りにレッスンをこなしていった。二十日日曜日が一番憂鬱だった。どこかに出かける気分にもならず、といって良治のいない家に籠っているのもうんざりだった。さりとて、千住富士見町を訪ねるわけにもいかない。木曜日の晩、じっくり思案して、とりあえず半月程度は黙って状況の推移を見守ってみようと決めたのだ。そのあいだは良治が戻って来る可能性に賭けてみる気になっていた。

——何事も急《せ》いては事を仕損《しそん》じる。

名香子はそう考えている。

そんな風に鷹揚に構えていられるのは何か確信があったり、心の余裕があるからではな

かった。遠い昔の苦い思い出が、彼女に「今度は時間を置いてみたら？」とささやいているのだ。

10

　宝念《ほうねん》富《とみ》太郎《たろう》というやけに縁起のいい名前の証券マンと再会したのは、名香子がロンドン留学から戻って二年後、大学を卒業し、教職についたばかりの年だった。

　宝念とはロンドンでちょっとだけ面識があった。留学仲間の一人が彼と知り合いで、一度きりのロンドンでの大晦日、彼女に連れられて行った日本人会主催の昼間のパーティーであいさつを交わし、年が明けてしばらく経った頃、パーティーでミュージカルを観たいと話したのを憶えていた彼が、名香子と友人をウエストエンドの「オペラ座の怪人」に招待してくれたのである。

　ただ、宝念との交わりはロンドンではそれきりで、帰国後も互いに連絡を取り合うことはなかった。

　一九九六年（平成八年）のゴールデンウィーク、当時元町《もとまち》にあった海文堂《かいぶんどう》という大きな書店の洋書コーナーを巡っていると不意に背中に声を掛けられた。振り返るとすぐそこに宝念が立っていた。

　彼は三月に帰国したばかりで、翌月からN證券神戸三宮《さんのみや》支店に配属になっていたのだ。

二年半ぶりくらいの偶然の再会だった。

それから親密な付き合いになるのに時間はかからなかった。

名香子は勤務先の女子中学校がある東灘《ひがしなだ》区のアパート住まいだったが、長時間残業が当たり前の宝念は支店から徒歩五分ほどのマンションで寝起きしていた。神戸の繁華街のど真ん中と言ってもいい。

土日は三宮や元町でデートし、彼の部屋で食事をしたりビデオを観たりして過ごした。たまに連休が取れるとレンタカーを借りて有馬《ありま》温泉に出かけた。神戸市内から有馬温泉までは車で三十分程度なのだ。そのうち週末は彼の部屋で寝泊まりして月曜日の朝、そこから学校に出勤するようになる。月から木は別々に暮らして金土日はずっと一緒だった。

だが、週末婚のようなそんな生活が二年近く続くと、それでは二人とも満足できなくなってくる。翌々年の連休明け、「そろそろ俺たち一緒に暮らさないか」と宝念が言い出した。むろん結婚を前提にした同棲というニュアンスだった。

「その前に明石のご両親にも挨拶させて欲しい」

神戸と明石は隣町である。名香子が男と一緒に暮らすとなれば、当然、明石に住む両親の了解が必要で、その点は宝念も充分に心得ていた。

名香子は二十五歳、四つ年長の宝念は二十九歳。二人とも結婚適齢期でもあった。

むろん名香子に異存はない。父や母にも付き合っている人がいるということはすでに伝え、結婚の可能性もほのめかしていた。

「いつでも連れて来なさいよ」

母の貴和子《きわこ》には前々から言われていたのだった。

一緒に暮らすとなれば宝念の独り暮らしの部屋でというわけにはいかなかった。さっそく部屋探しを始めた。二人で不動産屋を巡り、業者の案内でめぼしい物件を一つ一つ内覧していく。それは得も言われぬほどの喜びを名香子に感じさせた。

「結婚」という二文字の魔力をつくづく痛感させられたと言ってもいい。

一ヵ月ほど丁寧に物件を見て回って、六月の初めにようやく両方が気に入った部屋が見つかった。JR灘駅から歩いて五分ほどのマンションで、宝念の職場からは少し遠くなったが、その分、名香子の勤務先には近づいた。間取りは2LDK。築浅で周囲の環境も良かった。こんなに便利できれいな部屋で大好きな人と一緒に暮らすなんてまるで〝出来すぎた夢〟ではないかと我が身の境遇を疑ったくらいだ。

そして、それは実際に〝出来すぎた夢〟だったのである。

日曜日に一緒に不動産屋に出向いて正式に賃貸契約を交わすことになっていた六月半ばの金曜日の夜、いつも通りに三《さん》ノ宮《みや》駅の改札口で落ち合って、東門街《ひがしもんがい》の馴染みの居酒屋へと出掛けた。明後日無事に契約を済ませた後、来週末には宝念が挨拶のために明石の実家に赴くこともすでに決まっていた。

その年は六月に入ってすぐに近畿地方の梅雨入りが発表され、この日も朝から生ぬるい雨が降り続いていた。

店に入ると、宝念は飲み物だけを注文し、「料理は？」と名香子が訊ねると、

「料理はあとにしよう。その前にナカに話しておきたい大事なことがあるんだ」

彼は緊張気味の表情でそう言ったのだった。

宝念は名香子のことを「ナカ」と呼び、名香子は宝念のことを「トミ」と呼んでいた。

「どうしたのトミ？　急にあらたまっちゃって」

いつもと違う段取りに、名香子の方も「もしかしたら」という期待が急速に胸にせり上がってきていた。

二日後には二人の新居が決まり、来週には実家の両親のもとに宝念が挨拶に出向く。彼の口からプロポーズの言葉を聞くには、今夜が最高のタイミングなのかもしれない。

「ナカ、本当に申し訳ない。明後日の契約は一旦中止にして欲しい」

ところが、宝念の口から飛び出したのは、想像もできないような一言だった。

一瞬、名香子の頭は真っ白になったが、すぐに、

「もしかして異動？」

と訊いた。

宝念が三宮支店に配属になって三年。今回、部屋探しをしているあいだも彼は、

「あと二年はこっちだと思うけど、来年配転の可能性もゼロじゃないんだ。ただ、そのときは大阪の支店を希望するつもりだからここからでも充分に通えるとは思う」

自分に言い聞かせるようにしきりに言っていたのだ。

「そうじゃないんだ」

　宝念は首を振る。

「もっと大事なことなんだよ」

　それから意を決したように彼が語り始めたことは、名香子には寝耳に水、というよりもおよそ理解しがたいものだったのである。

11

　岡副《おかぞえ》吹雪《ふぶき》さんという人のことは話したよね。この春にうちの支店に配属になった、僕の二個上の先輩。同じ法人営業で、僕のデスクの右隣に席があって、ちょっとナカに似た感じの人だって……。何度か仕事の話のときに彼女の名前は出したから、きっとナカは憶えていると思う。最初はナカによく似ているな、ってそれだけだったんだ。きれいで頭が良さそうな人だなって、ね。隣にいて一緒に働いていると、そういう印象はどんどん強くなってきて、容姿だけじゃなくて性格もよく似ているって感じるようになった。

　でも、ついこの間まではそれだけだったんだ。ナカと同じように、この人ともきっと仲良しになれると思ったし、実際、この三ヵ月近く一緒に机を並べてみて、二人で得意先を回ることもよくあったから、予想通りにすぐ仲良しになった。

　それがね、一ヵ月くらい前、ナカに「そろそろ一緒に暮らさないか？」って僕の方から言い出して、ナカの実家に挨拶に行くことや、新しい部屋を探すことなんかが決まって、実際にナカと二人で幾つも部屋を見に出かけて、そうやって具体的にナカとの将来を考え始めているうちに、自分でもどうしてだか分からなかったんだけど、これってちょっと違うんじゃないかって感じるようになったんだ。

これって、何かが違う、どこかが違うって。

もちろんナカのことが嫌いになったわけじゃないし、いまでも前と変わらずに好きだと思う。だけど、それでも一緒にいろんな部屋を内覧に行きながら、あれ、自分はなんか全然違うことやっているんじゃないかって思うようになった。

なぜだろう？

どうして突然、そんなふうに思い始めたんだろう？

本当に自分でもよく理由が分からなかったんだ。

男の僕が言うのもヘンなんだけど、こういうのが、いわゆるマリッジブルーみたいなやつ？　なんて思ったりしていた。

ちょうど十日前、営業先の接待を東門街で一件済ませて、一緒だった岡副さんと飲みに行ったんだ。ほら、ナカとも何度か行ったことのある生田《いくた》神社のそばのアイリッシュパブ、あそこに彼女を連れて行った。

ビールを飲みながら仕事の話とかいろいろして、

「ところで、彼女さんとはうまくいっているの？」

って岡副さんに訊かれて、それで、「いや、実は……」って自分の不可解な気持ちを打ち明けたんだよ。

「岡副さん、これってどういうことなんですかね？　俺、どうしちゃったんでしょう？」

そんなこと、今年、知り合ったばかりの職場の先輩に言うなんて、我ながらかなり酔っ払ってたんだろうね。そしたら、岡副さんがおかしそうに笑いながら、

「二年近くも半同棲みたいにしてたら、そういう気分になることもあるよ」

って言うんだ。

「だけど、これから一緒に暮らそうというときに宝念君の方がそんな頼りないこと言っていたら、それこそ彼女さんの方はどうしていいか分からなくなっちゃうよ」

って。

「もっとしっかりしなさいよ、男なんだから」

要するに、彼女は全然取り合ってくれない感じだった。

で、それからもしばらく飲んで、午前一時過ぎに一緒に店を出た。僕もそうだけど岡副さんも支店の近くに部屋を借りていて、とりあえず家まで送って行くって言ったんだよ。向こうも少し酔っている感じだったしね。そしたら、「そんなの全然必要ないよ」ってあっさり断られて、で、店の前で解散になった。

彼女は中山手通りの方で僕はフラワーロードの方だから、「じゃあね」って言って岡副さんは反対方向へさっさと消えていった。

僕は何となく宙ぶらりんな感じで、もう一軒どっかに行こうかとも思ったけど、でも酔いも軽くはないし、仕方なく部屋に向かって歩いたんだ。で、百メートルか二百メートルか進んだところで、ふと、生田神社にお参りしようと思ったんだよ。こんな時間で誰もいないに決まっているから、最近のもやもやした気分を、神社の神様に思い切り吹き払って貰おうと思った。

柏手を打って礼拝したら、すごくすっきりした。酔いもいっぺんで醒めたようで背筋に心棒が通ったみたいだった。すっかり元気になって、このまま部屋に戻るのはもったいないような気分で、僕はそのまま家とは逆方向の北長狭通《きたながさどお》りの方へ歩いた。深夜の散歩と洒落こもうと思ったんだよ。

元町駅の手前の鯉川筋《こいかわすじ》を左に折れて高架をくぐった。もう午前二時に近くて、さすがに人通りはほとんどなかった。風が涼しくて凄く気持ちがいいんだ。

メリケンロードから元町の一番街《いちばんがい》へと入った。もちろんアーケード商店街は右も左も全部シャッターが降りていて営業している店なんて一つもない。真っ直ぐ続く商店街は静まり返っていたよ。自分の足音がびっくりするほど大きく響いていた。一番街を僕はゆっくりと歩いて行った。ナカと偶然再会した海文堂書店の前まで歩こうと思ったんだ。

パークロードを渡って三丁目に入ったときだった。前を歩いている人の姿を見つけたんだ。その後ろ姿を見た瞬間に誰だかすぐに分かった。僕は彼女に近づいていって、

「何してるんですか？」

できるだけびっくりさせないように声を掛けた。

岡副さんはすぐに立ち止まって振り返った。僕の顔を認めて、

「明日、お休みを貰っているから散歩しているのよ」

と笑顔になった。ちっとも驚いた様子はなかったよ。

「私ね、こうして人気《ひとけ》のない道を一人で歩くのが大好きなんだよ」

岡副さんは言った。「宝念君こそ、なんでこんなところにいるの？」なんて彼女は一切訊いてこないんだ。それがとても不思議な感じで、まるで僕がそのうちやってくるのを知っていたみたいだと思った。

「だけど、もう午前二時過ぎですよ」

僕は彼女の言い草にちょっと呆れてしまった。

「若い女の人が、こんな人通りのない場所をこんな時間に独り歩きするのってマジで危険だと思います」

そう言ったら、岡副さんはふふんって笑ったんだ。僕の顔を見て「ふふん」ってね。そしてこう言ったんだよ。

「私は、恐れないから大丈夫」

「恐れないから大丈夫？」

ちょっと意味が分からなくて問い返した。そしたら、

「宝念君ね、私は滅多なことじゃ怖いと思わない性分なんだよ。だから、こうやって真夜

中に誰もいない道を歩いていてもちっとも怖くないし、気持ちがいいの。そういうのって女としては可愛げないと思うんだけど、でも、それが性分だから仕方がないのよ」

そのとき僕たちはちょうど海文堂の前まで来ていて、

「私はもう少し歩くけど、宝念君は明日仕事でしょう。ここで引き返しなよ」

って岡副さんに言われたんだ。きっと、僕から声を掛けられて彼女は少し迷惑だったんだと思う。

帰り道で、僕は、「私は、恐れないから」っていう岡副さんが呟いた言葉をずっと口の中で繰り返していた。それが本当はどういう意味だか僕にはよく分からなかったけど、でも一つだけはっきりと見えてきたことがあったんだ。

ナカと一緒に暮らそうと決めてからずっと抱え込んできたもやもやの正体はこれだったんだって。

そうなんだよ。岡副さんがナカに似ているんじゃなくて、ナカが岡副さんに似ていたんだよ。そして、僕が本当に愛すべきなのはナカじゃなくて、きっと岡副さんの方なんだよ。僕はそのことに初めて気づいた。というより、本当は、職場で彼女と最初に顔を合わせたその瞬間に気づいていたのに、ずっとそれから目を逸《そ》らし続けていて、そのせいでこんなふうに胸の中に疑問符が溜まりに溜まってしまったんだと思う。

とはいっても、まだ岡副さんは単なる職場の同僚に過ぎない。

僕の気持ちは彼女に伝えていないし、そんなに簡単に伝えられるものでもない。僕は彼女のことを何も知らないに等しいし、彼女の方は尚更そうだからね。彼女にすれば年下の僕なんて恋愛対象でもなんでもないと思う。それに、彼女にはちゃんとした彼氏がいるのかもしれない。

でも、僕にとってはもう彼女しかいないんだ。

そのことに僕は十日前に気づいてしまった。一時の気の迷いかもしれないと思ったし、余計に頭がおかしくなっただけなんじゃないかとも疑った。だけどどうやらそうじゃないみたいなんだ。

そういう訳で、本当に申し訳ないんだけど、ナカと一緒には暮らせない。明後日の契約も中止にしたい。直前になってこんなことを言い出して、ナカには何てお詫びすればいいのか分からない。自分がどれだけ滅茶苦茶なことを言っているのかもよく分かっているつもりだ。

僕は心の真実に触れてしまった。そうなった以上、自分に嘘をついてこのままナカと付き合い続けることはできないし、それはナカにとっても凄く不幸なことだと思うんだ。

12

結局、灘のマンションの契約には名香子一人で行った。

鍵を受け取るとすぐに引越しを済ませ、数日後、仕事を休んで宝念富太郎の部屋の荷物も新居に運び込んだのだった。合い鍵を持っていたので、彼が仕事に行っている間に引越し業者を呼んで少ない荷物を移し替えるくらいはあっと言う間のことだった。

当日の夜中、宝念から電話が入った。部屋に戻ってみたら何もかも消えていたのだから、連絡してくるのは当然だろう。名香子の仕業とすぐに察したに違いない。

「僕の荷物をどうしたの？」

彼は冷静な物言いで訊いてきた。

「私たちの部屋に全部運んでおいてあげたわ」

「私たちの部屋？」

彼は、名香子が一人で新居を借りたとは思ってもみなかったようだ。

「私たちの部屋は、私たちの部屋だよ」

そう言うと、しばらく声もなかった。しかし、そのあと宝念が発したのは予想もつかない一言だったし、それは名香子を打ちのめすのに充分な一言でもあった。

「ナカ、今日きみがやったことは窃盗だよ。歴《れっき》とした犯罪だよ。今晩一晩は考える時間をあげる。僕はこれからどこかホテルを探すことにするからね。でも、明日中に僕の荷物を一つ残らず部屋に戻してくれなかったら、そのときは警察に相談するしかないからね」

彼は相変わらず落ち着いた声でそう言ったのである。

婚約寸前までいっていた宝念との思ってもみなかった別離は、名香子の心を文字通りズタズタに切り裂いた。名香子は二人で住むと決めたマンションを一ヵ月余りで引き払い、再び東灘区に部屋を見つけてそこに移った。そうした経費として宝念はある程度まとまったお金を名香子宛てに送付してきたが、もちろん封も切らずに送り返した。

傷心の彼女を支えてくれたのは、高校時代や大学時代の友人たちだ。

破局から半年ほどが過ぎた一九九八年（平成十年）の暮れ、東京に住んでいるそんな一人のもとへ遊びに行った折に、たまたま彼女が誘ってくれた忘年会の席で名香子は良治と出会ったのだった。

初対面の静かなたたずまいとは異なり、神戸に帰った名香子に対して良治は積極的にアプローチしてきた。何度も神戸を訪ねて来て、半年後には結婚を申し込まれた。

父の仕事の都合で名香子は幼少期を東京で過ごし、東京には良い印象があった。まして宝念との別れを引きずっていたので、良治からプロポーズをされ、一緒に東京で暮らそうと言われると彼女の気持ちはぐんとそちらへと傾いたのだった。

宝念は変わらず三宮支店勤務だったし、岡副吹雪とは名香子と別れて間もなく真剣に交際するようになったようだった。

そんな宝念や岡副のいる神戸を名香子は一刻も早く離れたかった。

13

——あのときとよく似ている。

どうしてもそう思わざるを得なかった。思い出したくもない嫌な思い出だったし、結婚して以来、思い出すこともなかったのだが、ホテルの中華レストランで突然良治に去られ、車で自宅に戻って彼に掛けた電話を一方的に打ち切られた瞬間、これでもかというほどありありと、あのときの宝念富太郎との別れの記憶が脳裏によみがえってきたのは事実だった。

——なんだ……。死んだはずの記憶って、脳の奥でピンピンしているんだ。

名香子は思った。

もとから彼女の記憶力は抜群だった。母の貴和子が同じで、名香子が小さな頃から語学に堪能だったのはこの貴和子譲りの記憶力のおかげもある。ただ、何でも憶えてしまうのは重宝である一方、厄介なところもある。昔の思い出がこうして忠実に再現されてしまうのは、一つには名香子の人並み外れた記憶力のせいもあるのだろう。

良治から一方的な別れを宣言され、しばらく時間を置こうと考えたのは、かつての宝念との別れを思い出したからだった。

あのとき、若い名香子は強引に事を運び、かえって宝念の信頼を失ってしまった。

今回の良治同様、向こうに非があるのは明白だが、しかし、心変わりをしてしまった相手の心をふたたび元に戻すには、それなりの技術が必要なのかもしれない。宝念のときのような瞬く間の実力行使は、結果的には相手を追い詰め、態度を硬化させるだけでしかなかったと思う。

「それって熱病に罹った人間を氷の張った湖に投げ込むのと同じで、まるきり逆効果だよ。仮に彼の言い分が本当だとしたら、宝念さんはまだその先輩と付き合ってもいないわけでしょう。だったら、名香子はとりあえず一歩引いて、彼の様子を丁寧に観察することに徹すべきだったと思うよ」

宝念とも何度か会ったことのある高校時代の親友の一人は、名香子の取った行動を知って半分呆れ顔になった。

結局、宝念と別れてしまった後、彼女はこんなふうにも言ったのだった。

「私、思うんだけど、名香子って思い切りが良すぎるところがあるんだよ。宝念さんのことにしても、人の心変わりは止められないし、一度変わった心を元に戻すなんてできっこないって最初から諦めてたんじゃないかなあ。だから逆にさっさと決着をつけたくて即断即決の実力行使に出た気がするな。つまりさ、宝念さんの告白を耳にした瞬間に名香子自身も彼に愛想を尽かしてしまったんだよ」

この一言は、名香子の心を半分は慰め、半分は傷つけた。

そして同時に、宝念が口にした二つの言葉を彼女に想起させたのだった。一つは、岡副吹雪が宝念に言ったという「私は、恐れないから大丈夫」という言葉。もう一つは、

「岡副さんがナカに似ているんじゃなくて、ナカが岡副さんに似ていたんだよ」

という宝念本人の言葉だった。

ただ、今回の場合は、宝念のときとは決定的に異なる点があった。

宝念の裏切りは、悪質という意味ではこれ以上ないものではあるが、しかし、法に触れたり社会倫理を大きく逸脱したとまでは言えないだろう。だが、良治が名香子に対して取った行動は、結婚という法的な契約に著しく違反し、かつ倫理的にも激しく非難されてしかるべきものだ。こんな一方的で理不尽なやり方で結婚が破棄できると考えているのであれば非常識も甚だしい。挙句、彼は、

「できることなら離婚して貰いたいけど、これはあくまで僕の一方的な希望に過ぎないから、なかちゃんが離婚なんてとんでもないと言うならとりあえず諦める」

と、まるで開き直ったようなセリフを吐き、返す刀で、「離婚届の用紙だけ送っておくよ」と言い放ったのだ。

妻の存在をこれほどないがしろにした態度が一体どこにあるというのか？

14

あの日、「じゃあ、僕はこれから店に行くから」とあっさり通話を切られて以降、一週間経っても十日経っても良治からは一切音沙汰なしだった。

家に残してきた私物を送ってくれと求めてくるでもなく、離婚届の用紙が届くわけでもなし。果たして検査入院をしたのかどうかも、今後の治療手段やスケジュールがどうなったのかも何一つ、彼は知らせてこなかった。電話はもちろんラインの一通さえもない。

名香子の方も沈黙を貫いた。

淡々と仕事をこなし、誰に会って相談するわけでもなく、彼女は日々の暮らしを繋いでいた。

行動を起こしたのはあくまで良治の方であった。それに対して自分の側がどう反応したとしても状況はさらに進展してしまう。良治のアクション→名香子のアクション→さらなる良治のアクション……。アクションの連鎖が起こり、状況は動いていく。そうやって状況を動かすことが果たして得策なのかどうかが名香子には分からなかった。

良治が出て行ったとはいえ、名香子の生活にそれほどの変化はない。仕事はいつも通りだし、食事も家事全般もいつもと何ら変わらない。

だとすれば、良治の側がさらに何らかの動きを見せるまで知らぬ顔で放っておくのも一手ではないかと彼女は考えていた。

電話やラインも繋がらない遠隔地に長期の出張に出かけたとでも思えばいいのではないか？

そういう見切り方、構え方もありだという気がする。

いま問われているのは、ここ最近の良治との関係性ではなかった。夫が家を捨てて他のおんなのもとへと去ったのだ。彼が突きつけてきたのは、この二十二年に及ぶ夫婦関係そのものへの疑義、もっと言えば拒絶だった。

二十二年の夫婦関係が、そんなに容易《たやす》く、呆気なく否定され得るものなのかどうか――

その審判は良治がつけるのでも名香子がつけるのでもないように名香子は思う。

かつて宝念富太郎が否定したのはたかだか一年足らずの、それも週末だけを共に過ごし、結婚という形も持たない、情熱的ではあっても熱しやすく冷めやすく、若くてほわほわした関係性だった。良治との二十二年の歳月の厚みや重さとは本質的に異なるものと見《み》做《な》してもいいだろう。

試されているのは、二十二年の結婚生活それ自体なのだ。

だとすれば、自分にしても良治にしてもその〝二十二年間〟がこれからどのような作用を自分たちに及ぼしていくのか、ただじっと待ちもうけているしかないのではなかろうか？

15

十月一日木曜日に真理恵が帰ってきた。

昨春、彼女は第一志望だった早稲田《わせだ》大学創造理工学部建築学科に無事に合格し、四月から高田馬場《たかだのばば》のワンルームマンションで独り暮らしを始めている。

前の晩に電話が入り、スーツケースを取りに行っていいかと言ってきたので了解したのだった。新型コロナウイルスの感染が広がった三月以降、彼女は滅多に帰ってこなくなっていた。今回のように実家に残してきたものを取りに来る場合も、マスク姿で二、三時間滞在するとそそくさと引き揚げる。すべては、肺が弱い母親を気づかってのことだった。

「スーツケースって、どこかに旅行？」

大学の授業は相変わらずリモートでキャンパスも閉鎖されている。彼女の所属しているモダンダンスのサークルも活動休止のままだ——とは一ヵ月ほど前に顔を出したとき真理恵が言っていたことだった。

旅行だとすると一体誰とどこへ行くつもりなのか？

「ダンス仲間の一人の家が軽井沢《かるいざわ》に別荘を持っていて、そこに何人かで練習も兼ねて一週間くらいお泊りに行くことになったの」

真理恵は高校時代からコンテンポラリーダンスを始めていて、そっちの方でもかなりの実績を挙げている。高校二年の時には全国大会にダンス部の一員として出場し、特別賞を受賞していた。大学でもその経歴を買われて、入学早々にモダンダンスクラブから強く勧誘されたようだった。

「へぇー、何人くらい？」

母親としてそれとなく探りを入れる。

「いまのところ全部で四人。もちろん女子だけだよ。それにコロナには充分に注意するから心配しないで」

すかさず察して真理恵も予防線を張ってくる。母親としては娘の言葉をそのまま素直に受け取るしかない。

「じゃあ、明日はうちに泊まっていきなさいよ。久し振りに美味しいものでも作ってあげるから」

「いいの？　私はほぼ間違いなく感染していないとは思うけど」

「もちろんよ。こっちもずっと気をつけているし心配ないわ。たまには一緒にご飯を食べましょう」

「ありがとう」

真理恵が帰ってくるのであれば、良治とのことをちゃんと伝えておく必要がある。彼女も歴とした家族の一員なのだ。幾ら夫婦の問題とはいえ隠しておくべき筋合いのものではないだろう。

その日の夜、好物のすき焼きで真理恵をもてなし、デザートも手作りのヨーグルトプリンを出した。

鍋や食器をキッチンに片付け、すっかり寛いだ娘の様子を確かめ、名香子は話を切り出した。

「実はね、半月くらい前におとうさんが、こういうメモを私に手渡して家を出て行ってしまったのよ」

名香子はポケットにしまっていた白い封筒から便箋を抜いて開き、真理恵の前に差し出す。論より証拠のつもりだった。

真理恵がピンとこない表情のまま一枚紙を受け取る。食事の前には「おとうさんは今夜は仕事で遅くなるみたい」としか話していなかったのだ。

　あっと言う間にメモ書きを読み終え、便箋を手にしたまま名香子の方に真理恵が顔を向けた。

「そこに名前の出ている香月雛という人と一年ほど前から付き合っていて、それでこれからはその人と一緒に暮らしたいから家を出て行くっておとうさんは言ったの。ジョウロというのはたぶん彼女が経営している店なんだと思う」

　名香子の言葉に真理恵は唖然としている。

「で、おとうさんはほんとに出て行っちゃったの？」

「ええ。そこに日付のある十七日にいなくなって、それからは一度も帰っていないし連絡も一切ない」

「えー」

　便箋をテーブルに置いて、真理恵は両手を頭にのせる。何か困ったときや驚いたときにそうするのが彼女の幼い頃からの癖なのだ。

「何、それ」

　そして、もう一度便箋を手にして熱心に文面に目を通し直している。

「これまで長いあいだお世話になりました。誠にありがとうございました……」

　小さな声でその部分を読み、

「これってそういう意味なわけ？」

また名香子の顔を見た。

「そうみたい」

「嘘でしょう……」

困惑の体の娘に対して名香子は一瞬、打ち明けるべきかどうか躊躇《ためら》ったが、やはり話しておくことにする。

「実はね、その日の午前中、おとうさんと一緒にがんセンターに行ったの。おとうさんに肺がんの疑いがあって、月初めに詳しい検査をがんセンターで受けて、その結果を二人で聞きに行ったのよ」

「その日って、この日」

真理恵が便箋に人差し指を当てる。

「そう。十七日。で、結果はやっぱり肺がんだったの。といっても早期発見で手術をすれば治るでしょうってお医者さんには言われたんだけどね。で、病院の帰りに二人でいつものホテルに行って敦龍でランチを食べたわけ。そしたらね、食事が済むとすぐにおとうさんがその便箋を差し出してきて、そこに名前のある女性のことがおかあさんより何倍も好きになったから一緒に暮らすことに決めたって言ったのよ。肺がんが確定したら、そうしようって決心していたんだって」

ふたたび真理恵が手を頭に持っていく。

「何、それ」

さっきと同じセリフを口にする。

女の子は父親に似ると俗に言うが、徳山家もその伝だった。真理恵は良治によく似ている。すっきりした顔立ちや長身もそうだったが、頭の出来もそうだった。小学生のときから理数系が得意で、中学生の頃にはすでに建築家志望だった。そんな自分に似た娘が良治は可愛くて仕方がなく、真理恵に何か望まれたら叶えなかったことがないくらいだ。母親の目から見ても彼女は相当な父親っ子だと思う。

だが、もちろん名香子との関係も悪くはない。

そういえば、良治はあのとき、

「彼女も去年、大学生になってこれからは自分自身の人生を着々と築き上げていくんだと思う」

とやけに突き放した物言いをしていた。あたかも「もう真理恵のことは気にかけない」と言っているようだった。散々可愛がってきた娘をそんなふうに見做すこと自体が、これまでの良治とはまるで別人のようではある。

——あの人、一体どうしちゃったんだろう？

名香子は改めてそう思う。

「参ったなあ……」

真理恵が呟く。

「なんだかいきなりとんでもない話をしてごめんね」

「おとうさんが、肺がん……」

家出もそうだが、やはり良治の肺がんに驚いたようだ。当然と言えば当然の反応だろう。

「で、おとうさん、いつ手術をするの？」

気を取り直したように真理恵が言った。

「十七日に分かったんなら、ちょうど半月が過ぎたわけでしょう。本当はすぐにでも手術した方がいいはずだよね」

「それも分からないのよ。先週検査入院して治療方針が固まる予定だったけど、一体どうなったのか私には何にも言ってこないから」

「おかあさんの方から連絡はしていないの？」

「そんなことするわけにもいかないでしょう」

「どうして？」

「だって、向こうは別の女の人のところへ行ってしまったんだもの」

「それって、間違いない事実なの？　おかあさん、このジョウロっていう店には行ってみたの？　香月雛っていう人とは会って話した？」

「まさか。幾ら何でもそんなことできるわけがないじゃない」

「どうして？」

「だって、おとうさん自身が今後の治療は彼女と二人で進めて行くって言っていたのよ」

「何、それ」

しだいに真理恵の顔が険しくなり、語気も鋭くなっている。

「じゃあ、おかあさん、この半月のあいだ何にもしていないの？　おとうさんにも連絡しなくて、ここに書いてある店にも行かなくて、この女の人とも話していないの？」

「仕方がないでしょう。向こうが何も言ってもこないんだから」

真理恵が次の言葉に詰まったようになる。身体を真っ直ぐにし、それからテーブル越しに身を乗り出してきた。

「おかあさん……」

彼女は静かな声つきになっている。

「こんなことになって、おかあさんがすごく傷ついているのも分かるし、すごく腹が立っているのも分かる。だけど、おとうさんは肺がんなんでしょう？　早期発見だといってもいのちに関わる病気なんだよ。そのおとうさんがいまどうしているのか、ちゃんと手術を受けるのか、またはもう受けてしまったのか、そういうことって今一番大事なことなんじゃないの？　だとしたらせめて治療がどうなっているのかだけでも確かめるべきだと思うし、それより何より、おかあさんが向こうに乗り込んで行って、おとうさんを連れ戻してくるべきだと思うよ。私だったら絶対にそうする。こんな女の人におとうさんを勝手にさせたりなんてしない。そして、先ずは、しっかり肺がんの治療を受けさせる。がんセンターってそこの新しい都立のでしょう？　あそこで診断を受けたんだったら手術もあそこでするのが一番じゃない？　だけど、この住所を見たら足立区の千住になっている。家を飛び出したおとうさんが、がんセンターで今後も治療を続けるかどうかだって分からないじゃない。もしかしたら別の病院に移るつもりかもしれない。そういうことだってしっかりチェックして、おとうさんがちゃんと適切な治療を受けられるのかどうか確認すべきだと思うよ」

理路整然と真理恵は話す。

さすが理数系だわ、と名香子は半ば感心しながら娘の話を聞いていた。

「ねえ、おかあさん」

まるで教え諭すみたいな口調だった。

「おかあさんが嫌だったら、明日にでも私がこのジョウロに行ってみる。おとうさんも香月雛という人も店にいるんだろうから」

「だけど、あなた明後日から軽井沢でしょう？」

「おかあさん」

真理恵がもどかしそうな声になった。

「なに、暢気なことを言っているの？　これじゃあ、私だって軽井沢なんかに行っている場合じゃないよ。徳山家の一大事なんだよ。おかあさんだってこんなことでおとうさんと別れるなんてあり得ないでしょう？　おとうさん、肺がんになって、恐怖で頭がどうにかなっちゃったんだよ。一時の気の迷いでふらふらっと別のおんなのところへ行っただけの話だよ。もともと、おとうさんはずっとおかあさんが大好きだったんだもの。おとうさんの方だってそんなに簡単におかあさんと別れられるわけがないよ」

発破をかけられても、どうにも気持ちが動かない自分がいる、と名香子は極めて冷静に感じていた。

ただ、「おとうさんはずっとおかあさんが大好きだったんだもの」という真理恵の一語は胸に刺さってくる気がした。

「あの人、私のことが好きだったのかしら？」

ふと、誰に言うでもなく呟いていた。

「当たり前じゃない。私が言うのもなんだけど、おかあさん、いまでもすごくきれいだし、おとうさんは何だかんだ言っておかあさんにべたぼれだと思うよ。そんなの娘の私から見ても疑う余地がないもん」

「…………」

その「べたぼれ」だった良治が、

「彼女と出会って、僕は彼女のことがなかちゃんより何倍も好きになってしまった」

とはっきり言ったのだ。その事実は覆しようもなく重たいという気がする。

「ねえ、おかあさん。私の話を聞いてる？」

呼びかけられて我に返ったように娘の顔を見た。やはり良治によく似ている。

「私、明日、このジョウロに行ってみるよ。心配しないで。ちゃんとおとうさんを連れ戻して来てみせるから」

この母親ではどうしようもないと見たのか、再度提案してきた。

名香子はそこでようやく気持ちがしゃんとなるのを感じた。夫の愛人のもとへ娘を乗り込ませることなどできようはずがない。

「一晩、考えさせてくれない」

と言う。

「たしかにマリの言っていることは一理も二理もあると思う。これからどうするのか、今晩一晩、おかあさんもじっくり考えさせて貰うから」

宥《なだ》めるような口調になって名香子は言葉を足した。

16

翌日、朝食の食卓に座った真理恵に、

「やっぱり、私がおとうさんを連れ戻しに行ってくる。マリの言っている通りだと思った。一番大事なのはおとうさんの病気をちゃんと治すことだよね。マリに指摘されてハッとしたよ。おかあさんしっかりするから、マリは余り心配しなくていい。マリの力が必要だと思ったら遠慮なく応援を頼むから。だから、予定通りに軽井沢に行きなさい。おとうさんのこと、何か分かったら逐一報告するから」

と言った。

「だったら、早い方がいいよ。おかあさん」

真理恵がホッとした様子を見せながらも念を押してくる。

「分かってる」

数日のうちには千住富士見町を訪ねようと名香子も考えていた。

朝食は昨夜のすき焼きの残りにうどんを入れて卵を落とし、うどんすきにした。これも真理恵の大好物なのだ。

真理恵は美味しそうにうどんをすすっている。

昨夜の話を彼女がどのように自分の中で消化したのかは分からない。ただ、今朝の顔を見る限りちゃんと眠れたようだ。とはいっても、彼女は悩み事を抱えると睡眠時間を増やすタイプだった。そのあたりも良治によく似ている。名香子の方は、悩み始めると途端に眠れなくなる。この半月も、正直なところあまりよくは眠れていなかった。

食事を終えて一緒にりんごを食べた。毎年この時期になると栃木の義母からどっさり送ってくるのだ。三日前に届き、そのときは箱一杯に詰まった立派なりんごを眺めてため息が出た。

「おとうさん、このりんご好きなのにね」

甘さたっぷりのジョナゴールドを頬張りながら真理恵が呟く。

りんごの御礼は、届いた日に義母のラインに写真付きで送っておいた。

「ねえ、おかあさん」

手にしていたフォークを皿に戻して真理恵が言う。

「おとうさんのことなんだけど……」

ちょっと言い淀む感じで名香子を見る。

「何？」

「こんなふうに言って気を悪くしないで欲しいんだけど、やっぱりミーコのことが原因なんじゃないかな？」

「原因？　ミーコのこと？」

名香子には真理恵が何を言いたいのか分からない。

「だから、おとうさんが家出しちゃった原因だよ。私、昨夜ずっと考えて、もしかしたらそうかもって思ったの」

「どうしてミーコのことでおとうさんがこの家を出て行かなくちゃいけないの？」

やはり名香子にはさっぱり話の筋が読めなかった。

あれからもう三年余りが過ぎて、名香子もさすがにミーコのことをしょっちゅう思い出すことはなくなっていた。

ミーコはどこかで新しい飼い主さんに拾われて幸福に暮らしている――そう強く信じていまは日々を過ごしているのだ。

「おとうさん、ずっと苦しんでいたから」

真理恵が言う。

「おとうさんが？」

意外な話だった。三年前の七月末にミーコが失踪して、それからしばらくは確かに良治も深く落ち込んでいた。だが、それも数ヵ月のことで、一年も過ぎるともうミーコのことが彼の口の端《は》に上ることさえ滅多になくなったのだ。

「そうだよ。おかあさんに責められて居場所がないってときどきこぼしてたもん」

「いつ？」

「つい最近もそんなふうにぽろっと言ってたよ」

「つい最近って？」

「最近って言っても、コロナが始まる前くらいだけどね」

「嘘でしょう。ていうかそんなの嘘よ。ミーコのことでおとうさんに何か言ったことなんて、ここ二年くらい一度もないもの」

「そりゃ、言葉では言わなかったかもしれないけど……」

真理恵がにわかに歯切れが悪くなる。

「でも、おかあさん、心の底ではおとうさんのことを許していないんじゃない？」

にもかかわらず、そのあと驚くようなことを彼女は口にした。

「許していない？　私がおとうさんを？」

真理恵が気まずそうに頷く。

「ついでに言うと、私のこともあの事件で少し嫌いになったでしょう？」

窺うような表情になって、さらに意外なことを言った。

「何なの、それ」

名香子は開いた口が塞がらない。

いきなりこの子は何を言い出すのか？

「どうして、ミーコのことでおかあさんがマリを嫌いにならなきゃいけないの？　だいいちあのときマリは家にいなかったんだよ」

可愛がっていた愛猫のミーコが家からいなくなったのは、三年前、二〇一七年（平成二十九年）の七月三十日日曜日のことだった。高校二年生だった真理恵はダンス部の合宿で山中《やまなか》湖へ出掛け、名香子も亡くなった父の七回忌で前の日から明石に赴《おもむ》いていた。良治が一人で家で留守番をしていたのだ。

ミーコの姿が見えないという良治からの連絡が携帯に入ったのは菩提寺での七回忌の法要を終えて母と二人で明石の実家に戻り、お風呂も済ませて寛いでいるときだった。時刻は夜の十時を回っていた。

「ミーコが帰って来ないんだ」

動揺した様子の良治の第一声はそれだった。

「帰って来ない？」

そもそも彼が何を言っているのかが分からない。

「どうやら夕方、外に出たみたいなんだよ」

「外に出た？」

ミーコは完全室内飼いの猫で、我が家に迎えたときから一度も外には出していない。

「外に出たってどういうこと？」

その時点で名香子の気持ちは凍りついてしまっていた。家に来て以来、一度も外に出たことのないミーコが外に出て帰って来ない。あり得ないこと、あってはならないことだった。

「僕が二階にいるあいだに網戸を破ったんだと思う。ただ、破れ目を見ると内側からというより外側から破られたような感じもするから、例の野良がやってきて破ってしまったのかもしれない」

さすがに良治の声音も震えている。

ここ数日、大型のオスの野良猫がしばしば庭に入ってきていた。彼が庭に来るとミーコが興味津々で窓辺に近寄るので、絶対に窓を開けないように名香子は用心もし、野良猫のための御飯台をわざわざ庭の反対側の隅に設置して、彼の注意をそちらに逸らすようにもしていたのだった。

今回、明石に向かうにあたっても、そのオス猫のことは良治に重々説明し、決して庭に面したリビングの窓を開けないように強く頼んでおいたのである。

「どうして窓が開いていたの？」

「それがよく分からないんだ」

　良治が更に困惑気味に答える。

「二階に上がるときにちゃんと閉めたつもりだったんだけど」

　ミーコのことは名香子のみならず良治も真理恵も可愛がっていた。いまの家に引越して三年目にやってきた彼女は徳山家のアイドル的な存在だった。

「じゃあ、良治さんが一階にいるあいだ、ミーコはどこにいたの？」

　徳山家ではミーコが二階で寝ているときにのみ網戸付きのリビングの窓を開けると決まっており、しかし網戸は爪の鋭い猫にとってはあってなきがごとしなので、窓を開けているあいだはリビングのドアを必ず閉めるように習慣づけていた。ただ、たまに良治がそのドアを開け放したまま風通しをすることがあって、そのたびに名香子は口を酸っぱくして注意してきたのだ。だが、それにしても、ミーコが一階にいるときにリビングの窓を開けるような真似は誰もしたことがなかった。

「たぶん二階だったと思う」

「たぶんってどういうこと？　ミーコが二階にいるのを確かめなかったの？」

　余りのことに名香子の言葉は詰問調にならざるを得ない。

　良治は何も答えない。

「それで？　いなくなったのに気づいたのは何時頃？」

　仕方がないので質問を変える。

「五時前かな」

さっきは夕方と言ったが、五時前といえば日が充分にある頃合いではないか。すでに五時間以上が経過している。

「さっきまで家の周りを捜し回ったんだけど、どうにも姿が見えないんだ。いまはリビングの窓をずっと開けて帰りを待っている。でも、まだ帰って来てくれない」

良治の途方に暮れたような声が白々しい。

「とにかく懐中電灯でもなんでも使ってもう一度家の近所をくまなく捜してちょうだい」

「ここで待った方がいいんじゃないかな。誰かいないとミーコも不安だろうし。それに、そんなに遠くに行っているはずもないし、明るくなって、お腹が空いてきたらきっと帰ってくると思う」

この良治の言い草を聞いて名香子は完全にキレてしまったのだ。

「あなた、何を言っているのよ。もう何年も外に出たことがない子なのよ。家に戻ろうにも戻り方も分からないに決まっているじゃない！」

彼女の剣幕に良治は何も言い返さない。

「とにかく明朝一番の新幹線で帰るから、それまで頑張って捜してちょうだい。私が帰るまで絶対に仕事には行かないで下さい」

名香子はそれだけ通告して通話を打ち切ったのである。

17

「だって、おかあさん、あのとき私が堀部《ほりべ》君のことでそれどころじゃないって知って、呆れ返っていたでしょう。それから一年くらい、おかあさんすごく冷たかったもん」

　真理恵が言う。

「私だってミーコがいなくなって本当に悲しかったよ。だけど、どれだけ捜しても見つからないし、もうどうしようもないって思ったから……」

　堀部君のこと？

　少し考えないと、真理恵が何を言っているのか飲み込めなかった。

　思い出した。

　高校入学と同時に付き合い始めた一学年先輩の堀部君という男の子に、実はもう一人他校に通う彼女がいるという話を合宿中に聞きつけ、真理恵は激しいショックを受けて帰って来たのだった。ミーコの失踪を知ってもどこか上の空なのを訝しく思い、ある日、名香子が「マリ、合宿で何かあったの？」と水を向けたところ、彼女はあっと言う間に目に涙を溜めて、そのことを打ち明けてきたのだった。

　娘の告白に内心呆れたのは事実だ。

「そんな彼氏のこととミーコのことと、あなた、一体どっちが大事だと思っているの？」

思わずそう言いたくなったが、むろん失恋に嘆き悲しむ娘にそんな酷な言葉はぶつけなかった。

にもかかわらず、「それから一年くらい、おかあさんすごく冷たかった」とはどういう料簡か？　ミーコの探索に身を入れなかった自らの罪悪感を母親の名香子に転嫁してしまったのだろうか？

我が娘ながらいささかやりきれない思いになって名香子は真理恵を見る。

「おとうさんも、本当に責任を感じていたし、とんでもないことをしてしまったってずっとずっと悔やんでいたんだよ。だけど、私から見ても、おかあさんはおとうさんのことを許していない気がする。おかあさんがミーコをどれほど可愛がっていたかは知っているけど、でも、おかあさんだって『帰って来ないのは誰かいい人に保護されたからだ』って言っていたじゃない。私もそう信じているよ。なのに、そんなふうに言っていながら、いつまでもおとうさんの責任を追及するのって、おとうさんにしたら、ちょっと耐え難いことだったと思うよ」

さすがに真理恵の言い分は聞き捨てならないものだった。

「じゃあ、おとうさんがこの家を出て行ったのは、私がミーコのことで彼を責め続けたせいだってマリは言いたいの？」

「だから、気を悪くしないで欲しいって最初に頼んだじゃない。私が言いたいのはそういうことじゃなくて、おとうさんが出て行った原因の一つにあの事件があるんじゃないかっていうこと」

結局、同じことだろうと名香子は思う。

「事件って一体何のこと？　あれは事件なんかじゃないでしょう？　ミーコを外に出してしまったのは明らかにおとうさんの不手際だったんだから。そこは動かしようのない事実じゃない。でも、おかあさんはこの三年間、だからといっておとうさんを責めるようなことは断じてしていないし、ミーコはいまも元気にどこかで生きているって信じているのよ。ミーコが幸せに暮らしているんならそれでいいって納得しているの。確かにあれはおとうさんのミスだったけど、でも、それは事実を事実として記憶しているだけ。ずっとおとうさんを許していないなんて、そんなことあるわけないじゃない。まして、何の関係もなかったマリに一年間も冷たく当たったなんてあり得ない。堀部君の話だって、いまマリに蒸し返されるまで完全に忘れていたくらいなんだよ」

名香子は、極力感情を抑えて言った。

真理恵はそんな名香子の言葉を半ば虚ろな表情で聞いている。

どうしてそんな顔をするのか、名香子にはまるで理由が分からなかった。

そのうえ、真理恵は大きなため息を一つついてみせたのだ。

「おかあさん」

彼女は見据えるような視線を名香子に向けた。

「おかあさんにかかると、いつだっておかあさんが正しい人になっちゃうんだもん。そういうの、おとうさんすごく我慢してきたんだと思うよ。だから、おとうさんを迎えに行ったときは、せめてミーコのことだけでも、『もう許してあげる』って言って欲しい。そうじゃないと、肺がんにまでなったおとうさんが気の毒過ぎるよ」

名香子は真理恵の言葉を啞然とした思いで受け止めていた。いつぞや彼女が口にした、

「うちの場合、夫婦仲がいいというより、夫であるおとうさんの忍耐力が半端ないんだと思うよ」

というセリフがありありと脳裏によみがえってくる。

――この子は、私が父親を肺がんにしてしまったとでも錯覚しているのだろうか？

18

真理恵を車で駅まで送ると、名香子はすぐには帰らず、久し振りに駅から五分ほどの場所にあるTSUTAYAに寄ってみることにした。

今日の午前中のレッスンは生徒の都合でキャンセルになっていた。なので午後のレッスンまで時間があった。明日、土曜日は午前、午後ともにレッスンが入っているので、良治を訪ねるとしても最短で月曜日ということになろう。「ジョウロ」は日曜日が定休で、これは良治のメモ書きだけでなくネットでも確認済みだ。となると、十月五日月曜日の英語学校のオンライン授業を休講にして、千住富士見町まで足を延ばしてみるしかない。休講

に関しては、いまからでも教室長の佐伯さんに掛け合えば何とかしてくれるだろう。講師が急に休むときは代理が立つのが通例で、まして名香子は滅多に講義を休んだことがない。いつも、誰かのピンチヒッターを務めてきたのだ。

　今から向かうＴＳＵＴＡＹＡは郊外型の大型店舗で広い駐車場もあった。レストランやスターバックスも入っていて使い勝手がよく、五年ほど前にオープンすると良治や真理恵ともちょくちょく出かけていた。コロナウイルスが拡散してからは一度も行っていなかったが、スターバックスには駐車場に面したガーデンテラスがあって、そこにもテーブルセットがたくさん置かれている。

　今日は絶好の秋晴れだし、あのテラス席でコーヒーを飲むくらいなら問題ないと名香子は判断したのだった。

　久々にＴＳＵＴＡＹＡで新刊本などをチェックし、それからスタバに入る。ラテのトールサイズを買って、芝生のテラス席に向かった。

　午前十時を過ぎたところだが、八つほどあるテーブル席に名香子を入れて客は三組だった。それぞれ飛び飛びに座っている。ほどよい風も吹いているし、これなら感染の危険性はほぼゼロだろう。名香子は建物を背負って一番左端の席を選ぶ。乗ってきたレクサスＵＸの白いボディが陽光を眩しそうに跳ね返している。

　椅子に腰掛けて熱いラテを一口飲むと、カップを手にしたままハイバックの背もたれに身体を預け、真っ青な秋の空を見上げた。

大きく深呼吸する。

良治が出て行って今日で十六日。半月が過ぎた。

彼は今頃、何をしているのだろうか？　もう手術を受けてしまったのではないか、と真理恵は心配していたが果たしてどうだろう？　別の病院に移っているかもしれないとも言っていたがどうなのか？　確かに彼女が言う通り、足立区の千住からあの都立がんセンターに通うのは不便に違いない。検査入院だけはがんセンターで行って治療は都心の病院で、という可能性もある。重田医師にがんセンター系列の別の病院を紹介して貰うことも可能に違いない。

真理恵ならずとも事情を知れば咄嗟に出てくるだろう、その種の疑問が、なぜか彼女に指摘されるまで名香子の中にはなかった。

そして何より、良治が帰って来るのを待つという発想はあったが、

「向こうに乗り込んで行って、おとうさんを連れ戻してくるべきだと思うよ。私だったら絶対にそうする。こんな女の人におとうさんを勝手にさせたりなんてしない」

という真理恵のような発想がまるでなかった。

――やっぱり私の方がどうかしているのだろうか？

ふとそんな気がする。

「名香子って思い切りが良すぎるところがあるんだよ。宝念さんのことにしても、人の心変わりは止められないし、一度変わった心を元に戻すなんてできっこないって最初から諦

めてたんじゃないかなあ。つまりさ、宝念さんの告白を耳にした瞬間に名香子自身も彼に愛想を尽かしてしまったんだよ」

高校時代からの親友、越村《こしむら》奈々《なな》にかつて言われたセリフが思い浮かぶ。

目で追える範囲すべてを蒼天が充たし、ちぎれ雲一つ見当たらなかった。

――それでも、このラテはしっかりと美味しい……。

首だけ持ち上げて、手にしていたカップからもう一口飲む。ふたたび空に目をやった。

宝念富太郎と別れたあとモノの味がしなくなった。何を食べても味のないゼリーや寒天を口にしているようで半月ほど過ぎた頃に病院に相談に行くと、「心因性味覚障害」と診断された。強いストレスに襲われると人間は亜鉛を多く消費するようになり、体内の亜鉛不足によって舌の感覚が弱まり、味を感ずることができなくなるのだという。

「最近、何か大きなストレスを感じたことはありませんでしたか？」

医師に問われて、

「婚約者から婚約破棄をされてしまいました」

と答えると、医師は、いかにも納得の表情を浮かべて、

「とりあえず、亜鉛を多く含んだお薬を出して様子を見ましょう。それできっと味覚は戻ると思いますから」

と告げられたのだった。

亜鉛剤を飲み始めて数日もすると、嘘みたいに味覚が戻り、名香子は呆気に取られたよ

うな気分になったものだ。

良治が出て行った日から、できるだけちゃんと食事をするように心がけた。ネットで調べると、牡蠣《かき》やうなぎ、牛肉や豚肉、ナッツや緑茶に亜鉛が多く含有されているのが分かったので、それらをできるだけ食べるようにした。そうした努力が今回は実を結んでいるのかもしれない。

——あんなことをされたうえに、食べ物の味が分からなくなるなんて冗談じゃない。

そういう意地がある。

いまのところ味覚障害の兆候は見られない。

名香子は身体を真っ直ぐにして、青い空と目の前の光景とを交互に見比べた。いつの間にかテラス席の客が一組増えている。店内を眺めるとそっちも半分くらいの席が埋まっていた。ラテを買ったときはがらがらだったのだ。

客たちは大方マスクを外しているので、ごくごく当たり前の日常に見える。

だが、実際にはこの明るい景色のなかに天文学的な数字の新型コロナウイルスが存在しているのだ。そして、人間たちがついつい油断してしまうのを虎視《こし》眈々《たんたん》と狙っている。店内の人たちにも、テラス席で談笑している男女の中にもすでにウイルスを体内で増殖させている者がいるのかもしれない。

そういう人たちが吐き出す息の飛沫を吸い込めば、あっと言う間に感染する。

あの真っ青な空には恐らく新型コロナウイルスはまったく存在しないのだろう。それはとても不思議なことのように思える。

一体の世界のように見えても、この地上と上空とはまるきり別の世界なのだ。

その証拠に、空にはいかなる生命も存在し得ない。空は常に無言で、地上にうごめく生命たちを見下ろしているに過ぎない。

蔓延するウイルスを生命と呼べるか否かについては議論があるらしい。仮にウイルスが生命でないのであれば、それはいわば毒性の強いガスや薬品と同じということになる。いまや人々が常用しているマスクは防毒マスク、日々行っている手指の洗浄は文字通り消毒というわけだ。

毒ガスや毒液がいたるところに撒かれている世界――ここがそんな世界だと想像するだけでもゾッとする。それは、かつて福島第一原発がメルトダウンして放射性物質が拡散したときと同じような恐怖心を呼び起こす。

ふと名香子には思い当ることがあった。

真理恵が呆れ顔になるほど、自分が今回の良治の家出に対して淡々としているのは、現在の新型コロナウイルスの蔓延と決して無縁ではないのではないか？

自然気胸の既往症を持ち、特段に感染防御に気を配らねばならない、つまるところコロナの危険性を常人よりも強く肌身に感じざるを得ない名香子にとって、良治の家出は相対的に小さな危機に過ぎないのではないか？

たとえ良治が家を出たとしても、名香子の生命が脅かされるわけではない。

薄っすらとではあっても日々、生命の危機にさらされる日常を生きていれば、夫が愛人をこしらえようが、家を飛び出そうが、たとえ夫婦別れになってしまおうが別にどうということもない……。

そういう一種の諦念が自分の心のなかに根付いているのではないか？

そこまで考えたところで、

「なあんだ」

と名香子は小さく呟いていた。

――それを言うなら、良治の方がもっとそうだろう。

早期とはいえ肺がんの告知を受けて、彼もまたひたひたと我が身に生命の危機が忍び寄っているのを思い知らされたのだ。そうなってみれば、長年一緒に暮らした妻を捨てようが、わずか一年前に好きになった相手のもとへ転がり込もうが、会社を辞めようが、要は自分の勝手我儘、したいようにすればいいと開き直ったとしても何ら不思議ではないのではないか？

19

子猫を拾ったのは小学校二年生のときだった。

その頃、名香子は東京に住んでいた。杉並《すぎなみ》区荻窪《おぎくぼ》の父の会社の社宅で暮らしていたのだ。父の望月《もちづき》久慈男《くじお》は大手損害保険会社のサラリーマンだった。

学校の帰り道に必ず通る小さな公園があって、十月半ばのある日、そこを一人で下校しているとジャングルジムの向こうの草むらから猫の鳴き声がした。

一度も公園で猫を見かけたことがなかったので、名香子は不思議に思って草むらへと近づいて行った。一帯は戸建て住宅やアパート、マンションが密集する典型的な住宅街だったので、もちろん野良猫や放し飼いの家猫の姿はよく見かけていた。猫がものめずらしかったわけではない。

そろりそろりと近づいていったが聴力に優れた猫が気づかないはずはない。普通だったらあっと言う間に飛び出して遠くへと走り去って行くのだろうが、なぜか鳴き声はそのままで、名香子が草むらへと踏み込んでも鳴き止むことさえない。

伸びきった雑草を左右に掻き分けるようにして声のありかへと身を寄せていった。

見つけてみれば白と茶のブチのやせ細った子猫がうずくまっていた。

名香子が覗き込んでも起き上がろうともしない。

よく見ると、左の後ろ足から血が出ていた。血はすでに茶色くなって腿から足首のあいだにべっとりとこびりついている。

「大丈夫だからね。助けてあげるからじっとしているんだよ」

ミーミーと鳴き続けている子猫に声を掛けながら、名香子は傍らにしゃがみ込む。ランドセルを下ろして急いで教科書や筆箱を取り出し、体操着を詰めていた布製のバッグにそれらを押し込んだ。次に自分の着ていたブルーのカーディガンを脱ぎ、そのカーディガンで包み込むようにして子猫を抱き上げる。子猫は一瞬、身体をこわばらせてみせたが、腕の中から逃げようとはしなかった。

カーディガンにくるんだ子猫をランドセルに入れるとかぶせを開いたままにする。体操着と教科書で膨れたバッグは草むらに残したまま、名香子は猫の入ったランドセルを胸にしっかりと抱えて立ち上がる。そして、一目散に母の待つ社宅へと帰ったのだった。

貴和子はランドセルの中でもがいている子猫を見るとびっくり仰天だったが、

「この子、左の後ろ足を怪我しているの」

と言うと、すぐにそのことを確かめ、

「じゃあ、病院ね」

財布と車の鍵を手に取って靴を履いた。

「みどり動物病院に行きましょう」

望月家ではいままで動物を飼ったことはなかったが、名香子の通う小学校の並びに「みどり動物病院」という大きな動物病院があるのは分かっていた。

家の車で病院へと向かう。名香子は後部座席でかぶせを開けたままのランドセルを抱き締めていたが、猫は時折、小さな声で鳴いたり、カーディガンでくるまれた身体をもぞもぞと動かしたりはしてもランドセルから出ようとはしなかった。

「この子、死んじゃうのかなあ」

名香子が呟くと、

「そうじゃなくて、名香子に助けて貰ってホッとしているのよ」

貴和子がきっぱりとした口調で言う。その頼もしい一言は、いまも名香子の耳の奥にくっきりと残っている。

結局、子猫は五日間入院した。足の傷口を見た院長先生は、

「この傷からして猫同士のケンカではなくて、おそらくカラスか何かに襲われたんだろうね。出血はしているけど、傷はそんなに深くないし、元通りに走れるようになると思うよ」

と言ってくれた。

その言葉を聞いて、名香子は思わず涙ぐんでしまったのだった。

子猫はそのまま名香子の家の子になった。

名前は「ミーコ」。

そう。ミーコはこの初代ミーコの名前を譲り受けたのだった。

初代のミーコとの別れはすぐにやってきた。

ミーコを拾って二ヵ月が過ぎたその年の暮れ。母の貴和子が突然呼吸困難に陥って救急車で病院に担ぎ込まれた。検査の結果、原因は猫の毛のアレルギーだと判明した。貴和子の症状は生死に関わりかねない重篤なもので、今後、猫と同居するのは絶対に不可だと医師に厳しく通告されたのである。

貴和子が入院しているあいだにミーコは「みどり動物病院」に連れて行かれ、そこで面倒を見てもらいながら里親さんを見つけることになった。名香子はミーコを手放すと知って茫然自失となったが、母の貴和子が猫と一緒だとまた呼吸困難を起こすと父に説得され、ミーコとの別れを受け入れる以外になかった。

ミーコが里親さんに引き取られるその日まで、名香子は毎日動物病院に通ってケージに入れられているミーコと対面した。

お別れの日は、一九八一年（昭和五十六年）十二月二十日日曜日。

午後から里親さん一家が迎えに来るというので、名香子は父の久慈男と二人で午前中にミーコに別れを告げに行った。看護師さんがケージからミーコを出して抱っこさせてくれた。するとミーコは名香子にしがみついてケージに入るのを激しく拒んだのだ。

「きっと今日がお別れだってミーコちゃんも分かっているんだね」

看護師さんに言われ、名香子は涙ぐみながらミーコを無理やりケージに戻した。

帰りの車中で彼女は激しく泣いた。久慈男が路肩に車を止め、黙って見守ってくれたのを憶えている。

「ごめんな、名香子。おかあさんのことをうらまないでくれな」

久慈男が困ったような声でそう言ったのもよく憶えている。

20

それから三十一年の歳月が流れた二〇一二年の十月。

中庭に子猫がやって来るようになった。現在の家に転居して二年余りが過ぎ、父の久慈男は前年の春に他界していた。

子猫はミーコと同じ白と茶のブチで、まだまだ身体は小さく痩せていた。ちょうど里親さんに引き取られたときのミーコと同じくらいの大きさだった。生後半年は経っていないだろうと思われる。庭に来るのはその子だけで、母猫やきょうだい猫の姿はない。

名香子はさっそく庭に餌台を置き、フードを出して餌付《えづ》けを始めた。

最初の十日は、家の中から窓越しに覗いているだけで子猫はフードと水のボウルを置いた餌台のそばに寄ってくることさえしなかった。諦めて窓辺を離れ、数時間して確かめるといつの間にかフードはきれいになくなり水も減っている。

そのうち窓越しに眺めていても、子猫は気にすることなくフードを食べてくれるようになった。とはいえ、わずかでも窓を開けようとするとあっという間に姿を消してしまう。そういう期間がさらに十日ほど続いて、やがて窓を開けていても餌台に寄ってくるようになった。

一ヵ月が過ぎると、名香子が庭に降りてフードを補充したり水を取り替えたりしているあいだ背中に猫の気配を感ずるようになった。子猫は庭の隅から名香子の様子をじっと観察し、彼女が縁側に腰掛けて餌台とのあいだに一定の距離を保つと、ゆっくりと山盛りに盛ったフードの皿の方へと近づいてくるのだった。

名香子は毎日決まった時間にフードと水を交換し、子猫がやって来るのを待った。そして子猫が美味しそうにご飯を食べるのを眺めるのが無上の喜びとなった。ちょっとでも名香子が身体を動かそうとすると猫は食事をやめて去ってしまう。なので、彼女は食事中は身じろぎもせず、ただ、子猫の姿を見つめていた。

子猫に給餌するようになって一ヵ月半ほどが過ぎた十二月六日木曜日。

いつものように名香子が庭に降りてフードを盛った皿を餌台に置き、水を取り替えようとボウルを取り上げたとき、背後で「ミー」というか細い声が聞こえた。びっくりして振り返ると子猫がすぐそばまで来ていたのだった。

間近で一目見て、ミーコと同じ雌猫だと分かった。意外な展開に名香子の方がどぎまぎしてしまい、ボウルを持ったまま急いで餌台から離れた。普段通り縁側に座って子猫の食事を邪魔しないようにした。子猫はさっそくフードの皿に顔を突っ込んで食べ始めたが、すぐに顔を上げて名香子の方を見る。そんなことは初めてだった。そこで名香子は手にしているボウルに気づいた。水が欲しいのだろうか？　猫を刺激しないよう静かに立ち上がり、彼女は新しい水を汲んだボウルを持って庭に出る。フードの皿の隣に水を置いているあいだも子猫は逃げなかった。じっと名香子のやることを眺めているばかりだ。

「お水だよ」

ずいぶんと寒くなっていたので今日はぬるめの湯を注いできていた。

「あったまるよ」

だが、猫は水にもフードにも目をくれず、名香子を見上げている。

そして、「ミー」とまた小さく鳴いたのだった。

その顔をよく見ると、両目がわずかに腫れているのが分かった。そうやって子細に観察すればどことなく精気がないように感じられる。

もしかしたら風邪を引いているのだろうか？

それで食欲がないのか？

「ミー」

また子猫は鳴いた。

束の間、思案した。

病気なのであれば病院に連れて行ってやりたい。だが、ここで彼女を捕まえようとして失敗すれば、もう二度とこの家には来てくれなくなるかもしれない……。

名香子は数歩後ずさって、ゆっくりとしゃがみ込んだ。子猫は相変わらずその場から動かない。彼女の目線と名香子の目線がほぼ平行になる。大きく手を広げ、

「おいで」

と言ってみる。

しばらくのあいだ子猫は首を傾げるようにして名香子の顔を見つめていた。

「ミー」

そしてふたたび一声上げると、駆け足で名香子の懐に飛び込んできたのだった。

がさがさと荒れた体毛の感触が名香子の両腕に伝わる。身体は骨ばっていて見た目以上にガリガリなのが分かる。

名香子は子猫を包み込むように抱いて立ち上がった。

「ミーコ」

と呼んでいた。

「やっと帰ってきてくれたんだね」

と呟く。

一緒に家に入り、空の段ボール箱にふかふかのタオルをたっぷりと敷き詰めてミーコを入れる。「ミーミー」と鳴きはするものの彼女は大人しく段ボールに入った。

次の日、午後のレッスンのあとでミーコを病院に連れて行った。

猫風邪を引き、お腹も少しこわしているようだと先生が言った。

「だけど、他は問題ないみたいですね。あたたかい場所で美味しいものを食べさせてあげてください。すぐに元気になりますよ」

先生はそう言って、風邪薬と整腸剤を処方してくれたのだった。

診立ての通り、家に来て一週間も経つとミーコは見違えるように元気になった。よく食べ、よく眠り、ぐんぐん成長していったのだ。

良治も動物は嫌いではなかったし、小学校六年生だった真理恵は庭の子猫が家の子になってくれたことに大喜びだった。ミーコは良治にも真理恵にもよく懐《なつ》いた。

だが、そうは言っても名香子との関係は特別だった。名香子が家にいる間は四六時中あとをついて回ったし、夜は名香子たちと一緒に眠った。あたたかい時期は名香子の足元で丸くなって寝ていたが、秋から冬にかけては必ず名香子の懐にもぐりこんで眠るのだった。たまに良治が無理やり自分の側に引き寄せるのだが、彼が寝入るとミーコは必ず名香子のもとへと戻ってくる。

「ミーコは、ずる賢いなあー」

良治はよく笑いながら言っていた。

失踪したときミーコは推定で五歳だった。活発であどけなく、一緒にいるだけで心が躍るような時期だった。高校生になった真理恵は徐々に母親離れを始めていたし、日に日に女らしさを増していくその姿を名香子は少し眩しく見つめるようになっていた。それだけにミーコの愛らしさは格別で、彼女は心の底からミーコを愛していたのだった。

ミーコを失って、まるで我が子を事故で亡くしたような心地になった。

ある日、娘が夫と二人で車で出かけ、夫のハンドルミスで助手席の娘だけが事故死してしまった——そんな気分だった。

自分だけ生き残った夫の顔を見て、娘を奪われた妻は一体どんな気持ちになるのだろうか？

　ミーコを外に出してしまった良治を許せなかった、というわけではない。だから真理恵の「せめてミーコのことだけでも、『もう許してあげる』って言って欲しい」という要求は筋違いと言わざるを得ない。そもそも事故で一人生き残ったからといって夫に娘の死の責任を負わせるなどあってはならないことだ。親子や夫婦、きょうだいといった特別な人間関係において、そうやって責任の所在を追及するのは厳禁だと名香子は考える。夫婦や家族の悲劇は、家族全員がその悲しみを応分に分かち合うことによって乗り越えるしかない。家族とはそのような存在なのである。

　だが、その一方で、妻に向かって夫が娘を死なせたことを忘れろというのは無理な注文だろう。事実は事実として、それぞれの胸の内に深く沈めるほかはない。

　真理恵の論法は最初から混乱してしまっているのだ。

　名香子が許してやらないから、心を痛めた良治は家を出る以外になくなってしまった――そんな物言い自体、彼女がこれまでミーコの失踪を重く受け止めてこなかった証左だと言わざるを得ない。

「おかあさんがミーコをどれほど可愛がっていたかは知っているけど」

　あのときも真理恵は簡単に言ったが、

「何を言っているの。私がミーコを失ってどれだけ悲しかったのか、あなたは何も知らないじゃない」

と言い返したかったくらいだ。

名香子がミーコの失踪によって深く傷ついたのは、「私はミーコをこんなに愛した」というあらかじめ準備されていた歴史を理不尽に途絶させられたからだった。

猫の一生は短い。

ミーコの短い生涯をずっと伴走し、最後はこの腕の中で看取ってあげる――名香子はそう心に誓っていた。

そういう意味で、愛猫や愛犬というのは難病を患った子と似ていると思う。自分より先に死ぬだろうことを運命づけられた存在であるがゆえに彼らに対する愛情は最初から最後まで貫徹させることができる。そこが我が子とは決定的に異なる部分だ。

ミーコとの愛の歴史は、本来、最終章まで織り上げられるはずのものだった。

その貴重な歴史を良治の愚かなミスによって奪われてしまったことが名香子には悔しくて悔しくてならなかったのだ。

21

十月五日月曜日。

電車だと一時間程度、車なら中央道と首都高速を使って一時間半ほどで自宅から「ジョウロ」まで行けるようだった。

どちらにするか迷ったが、真理恵の「連れ戻してくるべきだ」という言葉を思い出し、車に決めた。良治を「連れ戻してくる」なら、やはり電車ではなく車だろう。去年買ったばかりの愛車を目にすれば、多少は里心もつくというものだ。

それに、感染の危険性のある都心の人混みや満員電車はやはり避けておきたかった。

午前九時ちょうどに出発した。

昨日は一日曇天だったが、今日は昼過ぎから晴れるとの予報だ。中央道に乗ってみれば空はすでに青く透明度を増し、雲の姿も遠くにちらほら見えるだけになっている。このところ秋とは名ばかりの陽気が続いていた。今日も最高気温は二十五度を超えるようだ。都心へと向かう道は思ったより流れている。ナビの到着時刻は笹塚《ささづか》を過ぎたあたりでも出発時と同じ「10時13分」のままだった。

この一年の間、良治はこうやってこのルートを週に二度も三度も往復していたのだろう。

在宅勤務の日も多かったのを加味すれば、出勤日の大半がそのために使われていたのではないか？　思えば、感染回避を名目に車で出かけることが頻繁だった。あれは愛人のもとへ通うための方便だったというわけか……。

そんなことをあれやこれや考えていると気が滅入ってくる。

正直な話、一度迎えにいったくらいで良治が素直に〝連れ戻される〟はずもなかった。五十をとっくに過ぎた男が家を捨てたのだ。妻が訪ねて来たからといって戻るくらいなら最初から家出などするわけもない。

とにかく、と名香子は自分に言い聞かせている。

良治との今後は措くとしても、とにかく肺がんの治療がどうなっているのかは確かめておきたい。何と言っても彼は真理恵にとってたった一人の父親なのだ。

堤通《つつみどおり》出口で首都高を降りて墨堤《ぼくてい》通りを走る。旧綾瀬川を渡って北千住駅方向へと進んだ。駅を横目に線路を越え、北千住駅の西口側へと出る。

駅前の入り組んだ路地を五分ほど辿ると、ナビの示す通り「ジョウロ」はあっさり見つかった。西口から徒歩十分とホームページには記載されていたが、この感じだともう少しかかるように思う。

千住の町々はターミナル駅である北千住駅の東西に幾つもの商店街が縦横に伸びていて、いつも多くの人々で賑わっている。ただ、「ジョウロ」のある千住富士見町はそうした繁華街からはやや外れているようだった。

実際、店の両隣も普通の民家だし、狭い車道を挟んで正面にあるのは古びた五階建てのマンションで店の裏手には十五階くらいの、こっちはやや新しめの細長いマンションが建っている。

「ジョウロ」は、賑やかさとは無縁の住宅街の一角にひっそりとたたずむ店だった。

外観も大きめの戸建て住宅と大差ない。一階は店舗仕様だが、二階は普通の居室のようだ。そこに店主一家が住んでいてもおかしくない風情だが、あの日、良治に電話したときに「じゃあ、僕はこれから店に行くから」と言っていたのを思い出すと、ここが香月雛や良治の暮らす場所ではないのだろう。

店の入口近くに車をとめ、名香子は様子を窺った。

開き戸の片側に水色ののれんがかかり、白く「富士見町　ジョウロ」と染め抜かれている。その手前に古めかしい椅子が置かれ、「商い中」と記されたこれも古めかしい一枚板が置かれていた。椅子の前には黒板が立てかけられていて「自家製ケーキセット　８７０円」と書いてある。椅子の右側にはメニューを張り付けたスタンド看板が飾られていた。

ごちゃごちゃした感じではあるが、全体になかなか洒落ている。というのも、のれんの右が入口で、感染対策のためか開け放されて店の内部が見通せるのだが、店内は木材をふんだんに使った純喫茶の造りで、古色蒼然としたそれがいかにも昭和レトロの雰囲気満載なのだ。

はっきりとは確認できないが、かなり奥行きのある広い店のようだった。

一分ほどで名香子は発車する。長居して良治が店先に出てくればこの車はすぐに目に留まってしまうだろう。

細い道を真っ直ぐに進んでコインパーキングを探した。百メートルほど行った先に五台分の狭いパーキングがあった。午前八時から午後九時までは「10分毎２００円」と看板に表示されている。十分で二百円ということは一時間で千二百円。二十三区内とはいえ驚くような価格設定だった。名香子はそこは素通りして別の駐車場を探す。さらに百メートルほど先にもう一つ小さなパーキングがあった。そちらは三台きりの収容だが、値段は同じで十分二百円。

ため息を一つついて名香子は三台分とも空いているそのパーキングに車を入れた。

――せっせとこんなところに通い詰め、あげくこんな高い駐車場を利用していたのだろうか？

二時間駐車しただけで二千四百円にもなる。往復の高速代やガソリン代を加えると、一回の訪問のたびに七千円ほどの出費になってしまう。つまりは、たった一年で良治は交通費と駐車代だけでなんと七十万円近くを消費したことになるのだ。

歩いて道を引き返す。十時半になろうとしていたが、人通りはほとんどない。通勤通学の波はとっくに引いているし、純然たる住宅街だから人気がないのは当たり前ではあろう。

ただ、同じ住宅街といっても名香子が住んでいる町とは雰囲気がまるで違う。

似たような大きさの似たようなデザインの家々が建ち並ぶのではなく、築五十年はいきそうな二階家や近年はテレビドラマでも滅多に見かけないモルタルのアパートがちらほら散見される古い家並みが続き、と思うとそのあいだにいきなり真新しい戸建てが挟まっている。ところがその新しい家の玄関には古い植木鉢が無造作に何列も並んでいたりするのだ。電柱も等間隔ではないし、電線がうじゃうじゃと繁茂するように屋根と屋根とのあいだを行き交っている。

何というか、まるで昭和の時代にタイムスリップしたようなたたずまいなのだった。

整理整頓魔の良治がこんなごちゃっとした町で暮らしているというのが、まずもって名香子には腑に落ちなかった。

五分ほどで店の前に着いた。

入口にアルコール消毒液とティッシュペーパーが用意されている。

〈熱の高い方、体調の悪い方はご遠慮願います。手の消毒をお願いします〉という掲示があった。

手を消毒して店内に入る。すぐに大きな冷蔵ショーケースが置かれていた。中には五種類のケーキがホールをカットされた形で丸い皿の上に載っていた。これが表の看板にあった自家製ケーキなのだろう。どれもかなり美味しそうに見える。

ショーケースの右手が細長いカウンター席で、椅子が八つ並んでいる。誰も座ってはいない。カウンターの奥に若い男性が一人。白いシャツに黒のベストを身に着けていた。

「いらっしゃいませ」

コーヒーカップを拭いている彼が顔を上げた。背後の棚にはたくさんのカップが飾られていた。ホームページによるとすべてが伊万里《いまり》焼きか有田《ありた》焼きで、全部で五百客以上揃っているらしかった。ずらりと並んでいる様はなかなか壮観ではある。

「奥にどうぞ」

と言われてカウンターを通り過ぎる。左手のスペースは広く、四人掛けのテーブル席が並び、間仕切りを隔ててさらに奥の壁際はテーブルを置いたソファ席になっている。

客はソファ席に二組、テーブル席には一組だけだった。

女性のやはり若い店員がソファ席の客たちから注文を取っている。彼女は白のブラウスに紺色の前掛けを着けていた。

見回しても、若い二人の他に店の人間はいなそうだった。

名香子は踵《きびす》を返してカウンターの前に戻った。カップが並ぶ棚の右端に「昭和五十七年創業」と彫り込まれた年代物の木札が掛かっているのに初めて気づく。

「すみません」

棚の前で熱心にカップを磨いている若い男に声を掛けた。

「はい」

ちょっと慌てたようにカップを手にしたまま顔を上げた。

「香月雛さんはいらっしゃいますか？　私、徳山と申します」

束の間、彼がまじまじと名香子を見つめた。

それはある意味、奇妙な反応だった。

名香子の顔なり徳山という名前なりに思い当るものがあるような、そんな記憶を手繰《たぐ》る気配が感じられたのだ。

「オーナーでしたら、二階の事務所ですが」

察しがついたような表情を見せて、彼が言った。

「二階の事務所？」

「はい。一度店を出て右の細い路地から裏に回って下さい。ちょっと急な階段があって、それを上るとドアがあります。そこが事務所の入口になっているんです」

説明の仕方は、あらかじめ「徳山」と名乗る女性が訪ねてくると教えられていたか、乃《ない》至《し》は誰であれ人が訪ねてきたらそうやって「二階の事務所」に案内するよう常日頃から命じられているか、そのどちらかを示しているように思われた。

「じゃあ、香月雛さんはここの二階にいるんですね」

天井を指さしながら念押ししてみる。

「はい」

彼はしっかりと頷く。

「ありがとう」

と言って名香子は外に出る。

店の正面に立つ。なるほど右手に細い路地があった。

路地を抜けて裏に出る。建物の真ん中あたりに設けられた鉄製の階段の手前で上を向くと表札の掛かった木製のドアが見えた。

階段は確かに「ちょっと急」だったが、踏み板の幅も長さも充分だったので手すりに摑まらなくても余裕で昇ることができた。

昇りきると三畳ほどのスペースがあり、正面に分厚そうなドアが嵌っている。表札は青い陶板製で「香月」という名前が墨文字で入っている。

若い店員は「事務所」と言っていたが、香月雛はここに住んでいるのだろうか？　だとすると良治も一緒にいるに違いない。

名香子はドアの手前で立ち止まり、呼吸を整え、気持ちを引き締めた。

表札の下に呼び鈴があったので、それを強く押す。

チャイムの音がくっきりと聞こえた。さらにもう一度押す。ほどなくドアの向こうで人の気配が立った。

「はい」

という声に続いて、

「どちらさまですか？」

という誰何《すいか》の声。

「徳山名香子と申します。徳山良治の妻です」

すぐに解錠する音がして分厚いドアが手前に静かに開いた。

22

「ご存じないんですか？」

香月雛が不思議そうな顔になる。

名香子が通されたのは、玄関を入ってすぐの部屋だった。三十畳近くありそうな広いフローリングの部屋で、中央に六〜八人がゆったり座れる大きな木製のテーブルと椅子が据えられ、壁際には何枚もの植物画が掛けられていた。調度類はすべて腰までの高さで、飾った絵や窓を邪魔しないように配慮されている。といっても隅のパソコンデスクと小さなテレビの載ったサイドボードを除けばあとは全部造り付けの棚で、その半ばは書籍で埋まり、残りには雑多なものが詰め込まれていた。

そうしたテーブルのあるフロアとは別に、ドア側の左奥にもう一つスペースが設けられ、入室したときに横目で覗くとそこはキッチンだった。キッチンからは甘い香りが漂ってきている。

「良治さんはいるんですか？」

大きなテーブルの角を挟む形で香月雛と斜向かいに座ると、名香子は開口一番そう訊ねた。

それに対する香月雛の返事が「ご存じないんですか？」だったのだ。

香月雛は想像とはまったくかけ離れた感じの女性だった。

むろん、彼女に関しては、高校時代の同級生で、良治が生徒会長だったとき副会長を務めていたというメモ書きの情報しかないのだから何をどう想像できたわけでもない。

だが、それでも目の前の香月雛は名香子の思っていた女性とはまるきり違っていたのだった。

彼女の髪は銀髪だった。染めているのではなく完全な白髪のようだ。それが銀色の光沢を帯びて窓からの日射しに輝いている。

そして、彼女はとても背が高かった。百七十五センチの良治とさほど変わらないように見える。つまり名香子より十五センチ近くも上背があった。

さらに何より名香子が驚いたのは、雛が極端なほどに痩せていることだった。銀髪のロングヘアの下の顔は小さく、メタルフレームの眼鏡の中の切れ長の瞳がやけに大きく見える。

顔も首筋も長袖のベージュのカットソーから出ている手も細くて白かった。

一目見たときから、誰かに似ていると思い、テーブル越しに向かい合った瞬間にそれが誰だか思い当った。

香月雛は、クララ・ゼーゼマンによく似ていた。あの「アルプスの少女ハイジ」に出てくる車椅子の病弱な女の子だ。正確には、クララが歳を取ったらきっとこんな顔になるのだろうと彼女は思ったのである。

我ながらヘンな連想だと感じたが、目の前の香月雛はどこかそういう現実離れした雰囲気を醸し出しているのだ。

怪訝な様子の相手に怪訝な表情で返すと、

「実は徳山君、今日、手術なんです」

彼女はそう告げて、壁の時計に目をやり、

「ちょうど今頃です。手術が始まるの」

と言ったのだった。

名香子は問い返す。今日が手術日だとは思いもよらなかった。

「手術って、肺がんのですか？」

「やっぱり徳山君、連絡してないんだ……」

頷きながら香月雛は呟き、

「私にはちゃんと連絡するって言ってたんですよ」

困ったような顔になった。

「どこの病院ですか？」

肺がんの告知を受けたのが先月の十七日。それから今日で十九日目だった。名香子には十九日目の手術が早いのか遅いのかがよく分からない。

「築地《つきじ》のがんセンターです。あそこに私の仲良しの先生がいて、いまは副院長をしているんです。だから彼に徳山君を紹介して、あそこの呼吸器外科でオペをして貰うことになりました。もちろん都立のがんセンターとはちゃんと連絡して引継ぎして貰ったので御心配はいりません」

香月雛は淡々とした口調で答える。

「じゃあ、今日は良治さん一人なんですか？」

「名香子さんがここにいるってことは、そういうことになりますよね」

雛はそう言って微かな笑みを口許に浮かべる。

彼女が自分の名前を口にしたことが意外だったし、良治を「徳山君」と呼んでいるのも不思議だった。

「ごめんなさい。お茶も出さないで」

不意に雛が立ち上がる。慌てたようにキッチンの方へと去って行った。

名香子は一人残されて、あらためて部屋の中を見回した。壁にはたくさんの植物画が額におさまっている。印刷物ではなく、どれも本物だった。水彩や油彩ではなく、アクリル絵の具で描かれているようだ。優雅さや迫力には欠けるが、その分、植物図鑑に載っている図版のような精緻さが感じられる。

さきほど雛が目をやった壁の掛け時計を見る。

時計の針は午前十時四十五分を指している。「ちょうど今頃」と言っていたから、良治の手術は十時半からなのだろう。

すでに麻酔が効いて良治は意識を失っているのだろうか。

一人きりで手術室に向かうとき、きっと不安だったはずだ。今後の治療は香月雛と一緒に進めて行くと良治はあのとき言っていた。「彼女もそのことは了解してくれている」のだと。なのに香月雛はなぜ付き添ってやらなかったのか……。

五分ほど過ぎると、香月雛が細長いお盆を持って戻ってきた。

「お待たせしました」

お盆を慎重にテーブルに置く。

甘い匂いが一気に押し寄せる。大きなアップルパイを盛った皿が二つ。ソーサー付きのカップが二客、フォーク、それにまあるい紅茶ポットが盆上にある。

「いま焼き上がったばかりなんです。いかがですか？」

雛がアップルパイの皿とカップ、フォークを一つずつ名香子の前に置き、自分の分も手元に並べた。たおやかな手つきで紅茶ポットを持ち上げて、それぞれのカップに紅茶を注いでいく。白い湯気と紅茶の香りが立ち昇った。

「コーヒーは商売だから普段は紅茶の方が多いんです。それにアップルパイには断然紅茶ですよね」

「いただきます」

雛はそう言うと、名香子の反応など頓着せず、

と手のひらを合わせた後、フォークを取ってアップルパイを食べ始めた。

「うーん。我ながらいいでき」

名香子はそんな彼女を呆れた目で見つめる。むろん紅茶にもアップルパイにも手はつけなかった。

「香月さん、一体どういうつもりなんですか？」

手術の日に立ち会わないことも含めての疑問だった。

「どういうつもり？」

雛が問い返してきた。

「良治さんとは一体どういう関係なんですか？」

良治の一方的な告白しか耳にしていないことを念頭に、名香子は初めから問い質すつもりになっている。彼女が、良治のことを「徳山君」と呼んでいる点もやはり気になっていた。

「徳山君とは栃木の高校で同級生だったんです。彼が生徒会長だったとき私が副会長をやっていました」

雛がフォークを置き、紅茶を一口すすってから言った。

「それは知っています」

「高校を出た後、徳山君も私も東京の大学に進学して、彼は大岡山で、私は上野毛《かみのげ》の美大だったのでお互いの借りたアパートも近所で、上京後もちょくちょく一緒にご飯を食べたりしていたんです。大学時代は単なる友達でしたが、彼が大学院に進んで、私が都立高校で美術教師として働き始めた頃からちゃんと付き合うようになりました。もう二人とも二十をとっくに超えていたし、二年後に徳山君が無事に就職できたら、そのときに一緒になろうと約束していたんです。で、彼がいまの会社に入社して結婚という話になったんですが、結局、私の事情もあって破談になってしまったんです。それで徳山君は次の年にアメリカの研究所で働くことにして渡米し、私は私で教師を辞めてこの叔父のやっていた店を手伝うことにしました。それからは一度も連絡を取り合うこともなかったのですが、それが去年の九月に私の開いている教室の生徒たちの作品を集めた展覧会が、お二人の住んでいる場所の近くのデパートであって、たまたま通りかかった徳山君と二十七年ぶりにばったり再会したんです。そこからまた付き合いが復活して、結果的にこんなふうな形になってしまったわけです」

香月雛はそこまで話すと、また紅茶を一口すすり、

「名香子さんにはご迷惑をおかけして本当に申し訳ないと思っています。ごめんなさい。堪忍して下さいね」

と小さく頭を下げたのだった。

名香子は黙ってそんな香月雛の姿を眺める。良治と同級生なのだから今年五十四歳のはずだが、その真っ白な頭髪もあってずっと年嵩《としかさ》に見える。

若い頃の良治に婚約者がいたことなど露とも知らなかった。結婚前の彼の女性関係を詮索したことはなかったが、それにしても良治はこれまで雛との過去を匂わせるような話は一言も口にしたことがなかった。

「でも、誤解しないで下さいね。私と徳山君はいまは何でもないんです。先月の十七日にふらっとやって来て、家出してきたから行き場所がないというので、とりあえず私のマンションに泊めてはいますけど、ただそれだけなんです。要するに彼は単なる居候に過ぎないんです」

面を上げた彼女が思いもよらない言葉を口にした。

「居候？　どういう意味ですか？」

名香子は雛の言っている意味がよく摑めず、まじまじと相手の小さな顔を凝視した。

「徳山君がどうしても帰らないと言ってきかないので、それでやむなく泊めているんです。文字通り居候です」

雛は例によって淡々とした表情と口調で言う。そして、

「アップルパイ、冷めちゃわないうちにどうぞ」

と名香子の皿を前に押し出してきたのだった。

焼き立ての甘い香りが鼻孔をくすぐる。そういえば今日は朝から何も食べていなかった。

黙ってフォークを摑み、パイに突き刺す。サクッという音が食欲をそそる。大きく切り取って何も言わずに頬張った。とろけるようなリンゴの甘みが口の中いっぱいに広がる。酸味がほどよくて絶妙の味だ。下のショーケースに並んでいた自家製ケーキもここのキッチンでこんなふうに雛が焼き上げているのだろう。

「もっと早く、名香子さんがここに来ると思っていたんです、私」

雛も再びアップルパイにフォークを入れながら言う。

「だけどそんなこともなくて、徳山君が是非築地で診て貰いたいというので、彼を連れて副院長先生のところに相談に行って、あらためて検査も受けたんです。診断結果は、都立がんセンターと同じでした。早期の肺がんで、いまなら転移能力を獲得する前段階だから

一刻も早く切除した方がいいという話になって、それで急遽、呼吸器外科の先生が今日のオペを入れてくれたんです。経過が順調なら三日か四日で退院できるらしいです。がんは私も二回やっていて、築地の副院長というのは満島《みつしま》先生というんですが、私が二十代で子宮がんになったときの担当医だった方です。子宮を全部取って治ったんですけど、そしたら今度は五年前に乳がんになってしまって、そのときも満島先生に何かとお世話になりました。なので先生とはもう三十年近い付き合いなんです」

　ごく当たり前の顔で雛は話していたが、彼女が子宮がんと乳がんの二度もがんを患った事実に名香子は胸を衝かれる思いだった。

「そういうわけで、同病相《あい》憐《あわ》れむじゃないけど、徳山君が無事に治療を終えるまではうちで面倒を見てあげてもいいかなって……。私は結婚したことがないのでよく分からないんですが、夫婦は夫婦でさぞやいろいろとあるんだろうし、徳山君がどうしても家に帰りたくなくて、私の家で暮らしたいというのであれば、昔のよしみもあるし、肺がんの彼を放り出すわけにもいかないし、とりあえずは引き受けるしかないような気になってしまったんですよね」

　そして、香月雛は、

「それに、名香子さんがもっと早くこちらにいらっしゃると思っていたんです、私」

先ほどと似たようなセリフを口にしたのだった。

23

良治が予定通り十月八日に退院するとの電話が雛から入ったのは前日七日の午前中だった。たったいまラインが来たと彼女は言っていた。術後の経過はすこぶる順調で、手術翌日にはもう院内を歩けるようになり、食事も自由になったという。三日目の今朝は痛みもかなり減っていると良治は伝えてきたようだった。

「明日は昼過ぎにはこっちに帰ってくると思うので、名香子さんは二時以降にいらしてください。この前の打ち合わせの通りで、彼は二階の事務所にいるようにしておきますから」

と香月雛は言って自分から電話を切った。

明日は木曜日。レッスンはお休みの日だった。たとえレッスンがあってもキャンセルして「ジョウロ」に駆けつける予定だったが、偶然とはいえ良治の退院日が木曜日になったのは幸先が良いと思うべきか。

月曜日、雛から、

「お昼過ぎにはオペも終わるでしょうから、午後にでも名香子さん、病院に行ってみればいいですよ。コロナのせいで家族でも面会禁止ですけど、手術当日の立ち会いはＯＫだって執刀医の先生がおっしゃっていましたから」

と勧められたのだが、名香子は、

「今日行ってもしかじか話もできないでしょうし、逆に警戒されるのが落ちですから」

と断ったのだった。そして、

「それより、退院した日にもう一度ここに来ます。そのとき良治さんとしっかり話し合いたいと思います」

名香子から提案したのだった。

「じゃあ、そうしましょう」

雛もその提案にすぐに乗ってきたのである。

名香子だって最初は、雛の話がどこまで本当なのか疑っていた。だが、よくよく詳しくこれまでの経緯を聞いてみると、彼女は嘘をついていないのではないかと信じる気持ちになったのだ。

その一方で、そこは認めたくないところではあったが、あの良治が今回のような行動に出た理由も雛の話を聞いているうちに多少は理解できたのである。

「徳山君、すぐ情にほだされるところがあるから」

雛の一言に名香子も深く頷かざるを得なかったのだ。

24

十月八日木曜日。

名香子は昼の十二時ちょうどに家を出発した。千住界隈に早めに着いて時間まで待機するつもりだった。午後二時きっかりに「ジョウロ」を訪ねるつもりだ。

何も知らない良治は雛の手引きで二階で名香子の来訪を待たされることになるが、普段から店にいるときはあそこで時間を潰しているのだと雛は言っていた。ちなみに雛の住んでいるマンションはジョウロから徒歩五分ほどの場所にあるらしい。

先月十七日に良治がそのマンションに転がり込んで以降、雛の方はおおかた「ジョウロ」の二階で寝起きしているようだった。

「その日一日で徳山君が帰るって言うかどうか、そこは分からないというか難しいというか……。でも、とにかく一度名香子さんが迎えに来るしかないと思います」

月曜日も雛はそんなふうに言っていたのだった。

叔父である香月陸《りく》の店を手伝い始めた頃は、「ジョウロ」の二階で彼と一緒に暮らしていたのだという。現在のマンションを借りて雛がそちらに移ったのは、六年前に叔父を肺がんで失ってからだった。

「陸おじさんを看取ってから一年間くらいはここで暮らしていたんだけど、乳がんが見つかってしまって、それでゲン直しのつもりもあって今の部屋を借りたんです。やっぱりここにいるとどうしてもおじさんのことが思い出されて悲しみが癒えなくて、それも病気の原因の一つだろうって満島先生にも言われたから」

実の父親を小学生の頃に亡くした雛にとって父の弟だった香月陸は、父親代わりのような存在だったらしい。二十六歳の若さで子宮がんを患い、教職を続けられなくなったときも彼女が頼ったのはこの「陸おじさん」だった。

以来四半世紀近く、陸が始めた「ジョウロ」を二人で切り盛りしてきたのだが、かけがえのない存在を失って一時は閉店も考えたと雛は語っていた。

「陸おじさんが死んで一年経って私まで乳がんになって、もう万事休すだって思ったんです。閉店の決断をして常連さんたちに伝えたら、そんなの絶対に駄目だって猛反対されてね。それで半分仕方なく続けることにしました。でも、いまになって思えばやめなくてよかったってほんとに思う」

二階の部屋を改装して、絵画教室を始めたのは四年前。転居も済ませ、乳がんの手術も無事に終わってしばらく経ってからだったという。植物画、いわゆるボタニカル・アートの教室だったが意外なほど生徒が集まって、これも彼女にとっては望外のことだったらしい。

「植物画なんて地味だし、私が誰かに教えられるとしたら美大生時代からやっていたそれしかなくて、最初は誰も来ないんじゃないかと心配でした。でも、頼りにしていた陸おじさんがいなくなって二度目のがんもやっちゃったし、今度は自分が誰かの頼りになる存在に生まれ変わらないといけない気がしてた。だから思い切って部屋を作り変えて教室を始めることにしたんです」

その絵画教室の生徒たちの作品を集めた展覧会を名香子たちの町のデパートで開くことになったのも偶然に偶然が重なっての成り行きだったという。

「丸三年以上続いて、生徒の数も二十人近くに増えて、一度グループ展をやってみようという話はだいぶ前に持ち上がっていたんだけど、そしたら、生徒の一人の伯母さんがあのデパートの催事を担当している人で、姪っ子の作品を観てすごく感動したらしいんです。で、他の人たちの絵も見せてほしいって一度教室を訪ねてくれて、そこから先はとんとん拍子で展覧会の開催が決まっていきました。挙句、その会場で徳山君と何十年振りかで再会したんだから私にすれば驚きの連続っていう感じだった」

　そんなふうにも雛は述懐していたのだ。

　彼女の来歴を知らされながら、名香子は、

――この人も教師なんだ……。

　自分との共通点に驚いていた。同時に、そういえばどこか似た匂いがするように思い、良治もまたそんなふうに感じているのではないかと推測したのだった。

　前回と同じ平日にもかかわらず今日の中央自動車道はひどく混み合っていた。

　ナビの到着予定時刻も最初は「13時15分」だったが、みるみる遅くなっていく。やはり昼時という時間帯もあるのかと考えたが、調布《ちょうふ》インターの手前で大渋滞の原因がはっきりした。三鷹《みたか》付近で事故が起きているようだった。電光掲示板に三鷹まで三十五分という表示が出ている。そのときすでに到着予定時刻は「14時05分」に変わっていた。

だが、その三鷹を抜けたあとも渋滞はそれほど改善しなかった。高井戸《たかいど》まで来たときにはナビの数字は「13時45分」となっていたのだ。

もう二時間近くハンドルを握りっぱなしで、加速と減速を繰り返したため名香子はすっかり疲れていた。今日のことを考えて、昨夜ほとんど一睡もできなかったのが疲労の主因だったと思う。現地に早めに着いて待機したかったのは、店近くの駐車場にひとまず車を入れて、少しでも仮眠できればという気持ちもあったからだった。

永福《えいふく》の手前で急に右側車線の車が流れ始めたとき、ゆえに名香子は躊躇なく車線変更を試みた。急がなきゃという焦りと疲れのせいなのだろう、結果的に後方への注意がいまひとつ万全でなかったと思われる。

思い切って右にハンドルを切った途端、バックミラーに同じように車線変更しようとしている巨大なトラックの姿が映った。

それを見て、「危ない！」と総毛立ったその瞬間、名香子は背後から突き上げられるような凄まじい衝撃を浴びたのだった。

25

目が覚めたとき、自分がどこにいるのかは分かっていた。

追突されたレクサスＵＸの運転席から引っ張り出されて救急車に乗せられた。姓名、年齢などの身元確認の質問を救急隊員から受け、それなりに答えた記憶もあった。三鷹の大学病院の救急センターに到着するとすぐに処置室で救命救急医の診察があり、レントゲンやCTの検査に回された。そのあとふたたび処置室に戻って本格的な治療が行われたのだが、そのあたりからの記憶ははっきりしない。恐らく麻酔か鎮静剤を打たれ、意識レベルが低下したのだろう。

いつ眠ってしまったのかも、いま横たわっているベッドにどんなふうに運ばれたのかも定かではなかった。

ベッドの脇に真理恵がいた。

——軽井沢からどうやって来たのだろう？

そう思って、そうだった、軽井沢での合宿は四日で切り上げて彼女は昨日高田馬場に戻っていたのだと思い出す。

香月雛とのやりとりの一部始終は、その日のうちに真理恵にラインで報告した。すると真理恵から「やっぱり私、東京に帰るよ」というラインが昨日届いたのである。

「おかあさん」

名香子が目覚めたのを知って顔を近づけてくる。

——良治によく似ている。

心配そうに眉をひそめたその顔を見て名香子は思った。

「どう？　痛くない？」

と訊かれて、名香子は正面を向き、クリーム色の天井を見る。首を回そうとしてがっちりギプスで固められているのに気づいた。両脚の先から膝、腿、腰と身体の感覚を確認していく。右手は何でもなかったが左手は薬指と小指が動かせなかった。肩のあたりも固定されているのが分かった。だが、これといって痛みはない。

「痛くないよ」

と答える。

笑みを作ったつもりだったが表情筋がちゃんと動いてくれたかどうか自信が持てない。レクサスのエアバッグのおかげで顔面をどこにも打ちつけていないのは分かっていた。

「看護師さん、呼んでくるね」

真理恵がそう言って部屋を出て行く。どうやらここは個室のようだ。

医師の説明では、頸椎捻挫、左肩の脱臼骨折、左手薬指と小指の骨折が怪我の全部であるらしかった。

「やっぱりね、首が一番心配だったんだけど、レントゲンやＣＴを見る限り軽くて済んだみたいですよ。肩の脱臼は戻しておいたし、骨折もそれほどのものじゃない。まあ、不便なのはむしろ指二本の方かもしれないね。とはいえ、左手だったのは不幸中の幸いですよ。徳山さん、大変だったけど、まあ、命にかかわるような怪我ではなくて何よりでした。いい車に乗っててよかったね」

若い主治医は子供にでも話すような口調になっている。

「先生、本当にありがとうございました」

患者としては礼の言葉を繰り返すだけだった。

翌日、車から回収されたバッグをあらためた。バッグも無傷だったし中身も何も壊れてはいない。スマートフォンも無事だった。

香月雛からの着信が三件入っていた。昨夕の最後の一件には留守番メッセージが残っている。

「徳山君は予定通りに退院しました。比較的元気にしております。それでは、またのお越しをお待ちしております」

という雛の声。

名香子は一度だけ聴いてすぐにメッセージを消去した。

訪ねてくるはずの名香子が姿を見せず雛は不審に思ったに違いない。返電しようかと一瞬迷ったが放っておくことにした。まさか「ジョウロ」に向かう途中で交通事故に遭ったとは言いたくなかったし、といって嘘の言い訳をするのも嫌だった。

なんだか、もうどうでもいいような気がした。

そもそも、香月雛の口車に乗って良治を迎えに行こうとしたこと、それ自体が失敗だったように思える。

その失敗の明らかな証左が、いまの自分の怪我だらけの姿なのではないか？

入院三日目にはだいぶ元気になった。肩の痛みもさほどではなく、首に巻いていたカラーもあと一日、二日で外せるだろうと医師は言った。食事も右手が使えるので何ら不自由はない。

頸椎カラーが外れて二日が経った十月十四日水曜日、ちょうど一週間で名香子は退院した。

この病院の感染対策は徹底していて、個室であっても面会は一切禁止されている。一週間、狭い病室で誰とも会わずに過ごしているとすっかり退屈してしまった。

真理恵とはラインのビデオ通話で毎日やりとりはしていたが、一人きりになってみるとオンラインとはいえ日々のレッスンで生徒たちと触れ合っていたのがいかに大切だったか身に染みて知った気分だった。

仕事を続けてきてよかった、と強く感じた。

——人は裏切っても仕事は裏切らない。

空白の時間が多かったので、否応なく良治のことも考えた。あの日、雛から聞いた話も何度も反芻せざるを得なかった。

デパートの展覧会で偶然再会して数日後、良治が「ジョウロ」を訪ねて来たのだという。その日は絵画教室の日で、彼が顔を見せたのは教室が終わってすぐの時分だった。雛は生徒たちが帰ったあとの部屋に良治を招き入れ、名香子のときと同様に出来立てのケーキと紅茶でもてなしたのだそうだ。

「私がキッチンに立っているあいだ彼が棚にある雑誌を抜いてパラパラめくっていたんで

す。で、ケーキと紅茶をこんなふうに持って彼のもとへ戻ると、徳山君がいきなり、『ヒナちゃん、これは一体どういうことなの？』って読んでいた雑誌の頁を開いて私に差し向けてきました。それを見た瞬間、しまったって思いました。徳山君の怪訝そうな表情が何を意味しているのかすぐに分かったんです」

良治の就職と同時に結婚する約束をしていた雛が、それを反故にしたのは彼女の子宮がんが見つかったからだった。

ところが、破談に際して雛はその事実を良治に打ち明けなかったのだ。

「徳山君、昔からすぐ情にほだされるところがあったから、私が病気だなんて知ったらきっと絶対別れないって言うと思いました。だけど、子宮を取ってしまう私が彼と一緒になるなんてできないでしょう。といって、本当のことを言えば逆効果になるのも目に見えているし……」

というわけで、雛は一計を案ずる。

「実は、他に好きな人ができたって言ったんです。相手は美大の指導教授で妻子もいる人なんだけど、学生時代、彼のことがずっと好きで、そしたらこの前偶然に会って、彼が離婚したことを知って、かつての恋心が一気によみがえってしまったって」

さすがに良治も婚約者のそんな藪から棒の告白をまともに信じたりはしなかった。

そこで雛はさらに入念な策を弄したのだった。

「陸おじさんに相談して、おじさんにその教授のふりをして貰って、三人でご飯を食べたんです。最初持ち掛けたときはおじさんもだいぶ渋ってたんだけど、私がどうしてもって言うんで仕方なく引き受けてくれて、で、徳山君も私と〝教授〟の仲睦まじい様子を目の当たりにして別れる決心をつけてくれました」

　そのような経緯があったからこそ、二人はその後一度も連絡を取り合うことなくそれぞれの人生を生きたのだった。

　ところが「ジョウロ」の二階で良治が何気なく手に取った雑誌は、人気のタウン誌の古いバックナンバーで、そこでは「ジョウロ」が大きく紹介され、オーナーの香月陸も特大写真入りでインタビューに答えていたのだった。その「陸おじさん」の写真を見つけ、良治は、二十数年の時を経て、自分があのとき雛から一杯食わされてしまったことに気づいたのである。

「それでね、さすがに観念して、病気のことを徳山君に話したんです。当時は子宮がんが見つかって、もう子供を産めない身体になるって分かったから身を引くしかなかったって。いまにして思えばあんな馬鹿正直なことを言わないで、別の作り話をこしらえればよかったんですが……」

　とかく「情にほだされ」やすい良治の反応は激烈だった。

「最初はすごく驚いて、そしたら今度は、どうしてそんなひどい芝居まで打って僕を騙したんだって怒り出して、しまいにはきみのせいで僕の人生は台無しになってしまったじゃないかって。そんなこと言われても三十年近くも前の話だし、こっちは呆気に取られるしかないって感じでした」

その最初の訪問のあと、しょっちゅう良治は「ジョウロ」にやって来るようになったという。

「八月に来てくれたときに、ヒナちゃん、僕、肺がんみたいだって言われて。もうそのときから、そうなったら最後くらいは一緒に暮らしたいよね、みたいなことは言っていた気がします。でも、そんなのまさか本気だとは思わないでしょう」

そうやって一人の病室で良治の言葉や雛の説明を逐一思い出してみても、分かるのは良治の思いだけだった。昔の婚約者が病気を隠して自分との結婚を諦め、いまも一人で生きている。しかも彼女は、親代わりの叔父を六年前に失い、そのショックもあってか五年前に二度目のがんを患ってしまった。手術は成功したとはいえ、いまも再発を案じながら独居を続けている――かつての婚約者にすっかり同情した良治は、自らが肺がんだと分かって、この先の人生を彼女と共に生きて行こうと決意したのだ。

分からないのは雛の力だった。

そうやって昔の婚約者が突然のように言い寄って来て、果たして彼女はどんなふうに感じているのだろうか？

肺がんを抱えて縋りついてきた良治を同病相憐れむの心境で引き受けただけだし、実際彼は単なる居候に過ぎないのだと名香子には明言していたが、果たしてそんな言葉を真に受けていいものなのか？

真理恵にはそのへんの詳しい話は伝えていなかったが、彼女が知ったら、

「そんなの取って付けたような嘘に決まっているじゃない。おとうさんのことが本当に嫌だったら、幾らおかあさんが迎えに来ないからってずっと自分の家に泊めたりするわけないでしょう。おかあさん、そんな女の言い分を信じるなんて、ほんとどうかしているよ」

と一刀両断するに違いない。

真理恵が迎えに来てくれて、昼前に三鷹の病院を出た。コロナのみぎりどこかに気軽に寄れるわけでもなく、タクシーで自宅に直行する。

家に着いたのは午後一時過ぎだった。

この一週間は真理恵が実家に泊まり込んでくれていたので家の中は整い、寒々とした気配はない。彼女が淹れたコーヒーを飲み、用意してくれていた昼食代わりのパンを一緒に食べた。

「私、このまましばらくこっちで暮らすよ」

好物のカレーパンを頬張りながら真理恵が言う。

「そんなの駄目よ」

きっとそう言ってくるだろうと予想していたので、名香子は即座に却下した。

「マリまで私と一緒に引き籠る必要なんてないよ。あなたは若いんだから、コロナのことは過剰に怖がらないで今できることをしっかりやるべきだよ」

「だから、当分はここでおかあさんと一緒に暮らして、ご飯とか買い物とかいろいろ引き

受けようと思っているんじゃない」

「買い物は宅配を頼めば何でも手に入るし、食事だって右手が使えるんだからどうにかこなせるわよ。それに、こういう言い方は申し訳ないけど、マリが一緒にいる方がやっぱり感染の危険性は高くなるでしょう。私一人なら一歩も外に出ないで暮らせるけど、マリはそうはいかないんだからね」

「だけど……」

「もう痛みもほとんどないし、むしろ一人でのんびりした方が身体が休まる気がするんだよ。だから、何か応援を頼みたいときはすぐに連絡するからあなたはもう高田馬場に帰りなさい」

一人になりたい、というのは名香子の本音だった。

今後のことをじっくり思案もしたいし、レッスンもできるだけ早く再開したかった。都合のいいことにオンラインだから家から出なくてもいい。こうして静養が必要な身体になってみると、ある意味でコロナ時代は勿怪《もっけ》の幸いとも言えるものだった。

真理恵は夕食の支度だけして、午後四時過ぎに高田馬場に帰って行った。

帰り際に彼女が意外なことを打ち明けた。

事故が起きた次の日、千住富士見町の「ジョウロ」を訪ねて良治と会ってきたというのだ。名香子が入院していることを告げ、見舞いに行くよう勧めると、良治は取りつく島もなく拒絶したのだという。

「彼女にヘンな勘違いをさせたくないから、冷たいようだけど病院には顔を出さない方がいいと思う。もうおかあさんとは終わったんだ」

と言ったらしい。

「完璧意味不明だよ、あの人」

真理恵は吐き捨てるように言い、

「しばらく様子を見て、もう一度会いに行ってみるよ。そしたら報告するね」

そう付け加えて帰って行ったのだった。

真理恵を見送った後、その「完璧意味不明」という一語を頭の中で文字に起こしてみた。まったくその通りだと思う。

良治が何を考えているのかが分からない。それどころか、いまの名香子には、彼が一体誰なのかがもう分からないような気がするのだった。

26

急いでレッスンを再開したのが仇《あだ》になったようだ。

一週間が過ぎて、三鷹の大学病院に検査に出向き、往復のタクシーに揺られているうちに首の調子がおかしくなった。レントゲンの結果は問題なく、若い主治医からも「痛みや違和感が出ていないのならこのまま良くなるでしょう」とお墨付きを貰ったのだが、午後の英語学校のレッスンを終えた頃から左肩から首の後ろにかけていままでなかったような張りと痺れを感じ始めたのだった。夜中になってそれが強烈な頭痛に変じた。

痛み止めを飲んで就寝し、翌日が木曜日だったので丸一日で痛みを取ろうとしたのだが、昼間は良くても夕方になると前夜同様に悪化してしまった。

金曜日、それでも日中のレッスンは何とかなるだろうと強行したが、レッスン中から痛みがきつくなり、午前、午後の二コマずつの個人レッスンをどうにか終えたところで、翌土曜日の生徒たちに連絡して休講を申し出た。

明日も痛みが続くようなら月曜日からの英語学校のレッスンも降板せざるを得ないと思い、実際、土曜日の夕方に佐伯教室長に電話して、とりあえず十月いっぱいは改めてお休みを貰うことにしたのだった。

オンラインレッスンなのが勿怪の幸いと喜んでいたが、頭痛を引き起こしてみて、そうではなかったと思い知ることになった。というのも、パソコンの前でマイクを使ってのレッスンを中止してしまうと一気に頭痛が減ってきたのである。

ディスプレーとヘッドセットを通してのやりとりが、弱っている首に何らかの負荷を与え、そのせいでどうやら肩の凝りや痺れ、頭痛を惹起しているようだった。

振り返ってみれば、つい二週間前に車が大破するほどの事故に巻き込まれたのだ。

たかだか一週間程度の入院で身体が元通りになるはずがなかった。にもかかわらず、傷の回復が顕著なのをいいことに、あっと言う間に日常を取り戻せると高を括ったのが大失敗だったのだ。

土曜日、日曜日としっかり休んで調子はだいぶ良くなったが、それでも名香子は個人レッスンを引き受けている生徒たち全員に連絡を入れ、今月いっぱいは休講することと再開日は追ってこちらから連絡する旨を伝えたのだった。

月曜日から木曜日までほとんど何もしなかった。食事のとき以外は二階の自室に籠り、ベッドに入ってじっとしていた。テレビもネットも見ず、本や雑誌も読まない。退屈するとベッドから起き上がって簡単な首の体操をやり、お風呂を沸かしっぱなしにして、何度も湯に浸かった。

良治からも雛からも一切の音沙汰はなく、ほぼ毎日連絡してくる真理恵の口からも良治の名前が出ることはない。再度父親に会いに行ったのかどうかも定かではなかった。といって名香子の方から訊ねることもしていない。

ベッドに横になって、名香子はこれまでのこと、これからのことについていろいろと思いを巡らせた。

あんな大怪我をしても、良治は名香子の様子を見に来ることさえしなかった。

二度と家の門はくぐらないといつぞやの電話で言っていたが、しかし妻が入院する病院の門をくぐるくらいはしても罰は当たるまい。「ヘンな勘違いをさせたくない」などという馬鹿げた理由で、長年連れ添った妻が重傷を負ったというのに見舞いにも来ないのは常軌を逸していると言うべきであろう。

——もう二度と顔を見たくないほどに私のことが嫌いになったのか？

その原因が、三十年近くも前に別れた元婚約者と再会し、彼女がずっと独り身であるのを知ったからというのであれば、この二十数年の自分たち二人の結婚生活は一体何だったのだろうか？

——良治は妻である私のことを一体何だと思っていたのか？

思い出してみれば、あの「敦龍」で別れ話を切り出したとき、彼が真っ先に口にしたのは、真理恵をしっかりとした娘に育てたことへの礼の言葉だった。結婚生活に不満はなかったと言ってはいたが、その理由はやはり真理恵が「出来のいい、親にあまり心配をかけない」子供に育ってくれたからだった。

香月雛と再会し、彼女のことが名香子より「何倍も好きになってしまった」と良治は言ったが、名香子については「嫌いになったわけじゃない」というおざなりな一語を加えたに過ぎない。そして彼は、この家も家の中にあるモノも全部渡すからそれで納得してくれないか、と持ち掛けてきたのだった。

こうして反芻してみれば、彼の言い草は余りにも妻である名香子を見下したものとしか思えなかった。

良治にとっての名香子は、真理恵という娘を産み育てるための道具に過ぎず、その道具と縁を切るには、家や退職金や家財といった物質的な見返りを約束するだけで事足りる——要するに夫たる彼の認識はそういうことなのだろう。

だからこそ、良治は名香子がたとえ大怪我をしても、「ヘンな勘違いをさせたくない」という理由だけで病院に出向くことを拒んだ。要するに彼にとっての名香子は対等な人間ではなくて、「妻」という単なる役割、便利な機能に過ぎなかったというわけだ。

一方で香月雛に対しては、「どうしてそんなひどい芝居まで打って僕を騙したんだ」と慨嘆し、「きみのせいで僕の人生は台無しになってしまったじゃないか」と大袈裟な怒りをぶつけている。

それが事実ならば、良治と名香子との結婚生活は、雛によって真実の人生を剥奪された彼が仕方なく選んだ「台無し」の人生だったということになる。

見舞いさえ拒絶した良治の冷酷な態度に鑑《かんが》みれば、案外彼は自分を騙した雛を恨むだけでなく、そうした「台無し」の人生に引きずり込んだ名香子のことをもひどく恨んでいるのではないか？

否、今回の仕打ちを見る限り、良治が本当に恨んでいるのは雛ではなくて名香子の方だと見做しても間違いではないような気さえする。

27

月末になって、明石に一度帰って来ようと思い立った。

八月初旬に第二波のピークが過ぎた後も、全国の感染者数は一日当たり六、七百人という高水準で下げ止まっていたのだが、しかし、ここにきてさらに増加に転じていた。識者からも予想より早めの第三波の到来が示唆されている。欧米では日本の数十倍の規模で感染が拡大し、再び各都市でのロックダウンが現実味を帯びつつあった。

明石に住む母のもとへは今年に入って一度も帰っていなかった。

この時期を逃すと、もしかしたらさらに半年、一年は母に会えなくなるかもしれない。

一週間の静養で首の具合も改善し、頭痛も治まっていた。

そうなってみて、帰郷するなら今しかないと名香子は気づいたのだった。

十月三十日金曜日。

昼過ぎの「ひかり」で明石に向かった。

感染防御を優先し、体調にも配慮してグリーンを選択したのだが、グリーン車まで満席に近い混みように名香子はびっくり仰天だった。隣に座った背広姿の男性は名古屋《なごや》で降り、そのあとは幸いなことに西明石まで誰も来なかったが、ひかりがそれぞれの駅で停車するたびに冷や冷やしてしまった。

名古屋で降りた男性は明らかに商用の雰囲気だったが、金曜日ゆえなのか乗客の半数以上は観光目的と思われた。大きなキャリーケースを荷物棚や足元に置いている客が大勢いる。彼らの大半が京都《きょうと》駅で降りたところからもそれは明らかだった。

しかもグリーン車とあって年齢層は高めだった。当然感染時の重症化リスクの高い人たちである。にもかかわらず週末の京都旅行を楽しもうとしているその無頓着さ、無神経さ、蛮勇振りに名香子は啞然とせざるを得ない。

――こんな有様では年末にかけての感染の急拡大は避けられないに違いない。

感染症の専門家たちの危惧が杞憂でないことを肌身に感ずる現実だ。

――やっぱり、来月早々でお願いすればよかったかも……。

昨夕掛かってきた電話の返事を間違ったような気もした。

風見《かざみ》造園の風見社長から着信があったのは、夕飯の支度をしていたときだ。毎年、この時期になると風見さんは連絡してくる。初冬と初夏の二度、彼の会社に庭木の手入れをお願いしていた。いまの家に越してすぐからだから十年来の年中行事でもある。

「年末はコロナも広がりそうですし、そろそろお邪魔しようかと」

先回は例年通り六月の梅雨入り前に手入れして貰っていた。

緊急事態宣言も解除されて時間が経ち、感染者数も全国で五十人程度とずいぶん落ち着いていた時期だったので庭先とはいえ家の敷地内に風見造園の職人さんたちを迎え入れるのにそれほどの抵抗はなかったのだ。

今になってみればあの頃は、このままコロナも終息に向かってくれるのではないかと淡い期待を抱いていた気がする。

いつもだったら社長の提案をそのまま受け入れるし、昨年も十一月初頭で頼んだのだが、今回はどうにもその気になれなかった。

退院したあと、名香子は庭に一度も降りていない。それどころかリビングの窓から庭の景色を見るのさえ意識的に避けていた。

これまでは三十坪ほどの庭に植わった木々や草花をベランダ越しや濡れ縁に腰掛けて眺めるのが名香子の日々の楽しみの一つだった。

それが病院から帰って庭の光景を初めて目に入れたとき、譬《たと》えようのない不快感をおぼえたのだ。

さらに数日が過ぎても、やはり庭の木々や草花を見ると嫌な気分になるのは変わらなかった。そうなってみて、名香子は初めてその原因に気づいた。

「ジョウロ」の二階の部屋に飾られていた沢山の植物画が、庭の植物たちを眺めるたびに目の前にちらついてしまうのである。

香月雛が描いた植物図鑑の図版のような一枚一枚の絵が脳裏によみがえってきて、それが名香子の気持ちをひどく不快にさせるのだった。

あのときはそれぞれの絵をそこまでつぶさに観察したはずもないのに、こうして自分の家の庭を目にしていると次々に雛の手になる木々や草木のリアルな姿が思い出されてくる。我ながらどういう記憶力なのだろうと、呆れてしまうほどだ。

風見社長から電話が来たときも、彼の声を耳にした途端に雛の植物画が頭に浮かんできて気持ち悪くなってしまった。

毎年のこととはいえ、風見造園の職人さんたちを呼ぶとなれば当然、丸一日、名香子も我が家の庭と向き合うことになる。それを想像するだけでげんなりしてしまった。

いまでは、濡れ縁に通ずるベランダの窓にはずっとレースのカーテンを引いていた。

不思議なことに二階の窓から見える景色は何ともない。他の家の庭の様子や街路樹、遠くに望める公園のこんもりとした森の姿もちっとも不快ではなかった。

要するに我が家の庭だけが薄気味悪く感じられるのだ。

いつの間にか徳山家に入り込み、平穏だった家庭やこれまでの暮らしを侵食していった香月雛の分身、手先、スパイ――いまの名香子には庭の緑がそんなふうに感じられるのかもしれない。自身にそこまでの自覚はなかったが、突然の拒絶反応からするとそうしたイメージが意識の中に生まれてしまった可能性はある。

「来月はちょっとバタバタしてるから、今年は十二月に入ってからでもいいですか？」

そう風見社長に告げていた。

「年末だとそちらは立て込んでいるかしら？」

自分でも思わぬセリフだったので、慌ててそんなふうに言い足す。

「いやあ、この前もお話しした通りで、うちもコロナの影響は結構受けてるんですよ。そんなこんなで年末も大して忙しくはないんです」

風見社長の人の好さそうな声が耳に届き、

「じゃあ、十一月の中旬を過ぎたらあらためて日程を相談させて貰うことにします。どのみち今年は十二月に入ってからということで」

「了解しました」

そうやって昨日の電話でのやりとりは終わったのである。

目の前の新幹線の混雑ぶりを目の当たりにして、名香子は、例年通りにしておけばよかったかなと後悔していた。十二月となれば都内の感染者数はうなぎ登りではなかろうか。そんな最中に職人さんたちを丸一日庭に入れるのは不安だった。昼食を出すにしろ濡れ縁でというわけにはいかないし、お茶やお菓子を振る舞うにしても部屋に上がって貰うしかないだろう。

そうやって若い人たちとの接触度合いが上がれば、当然ながら感染リスクも高くなってしまう。

――困ったな。

神経質過ぎるとは分かっていても名香子には気になった。

そして何より、香月雛の植物画のせいで自分が感染リスクを余計に負ってしまうのが腹立たしかった。

――明石から戻ったら、風見社長に連絡して十一月前半で頼むことにしよう。

むろん今後の感染状況を睨んでのことだし、場合によっては今年は庭木の手入れを取り止めてもいい。どうせ樹木の半分はじきにすっかり葉を落とし、花壇の草花も枯れてしまうのだ。夏の間に繁茂した雑草も例年、きれいに刈り取って貰っていたが、それだって放置しても別に問題はないだろう。

当分はこれまで通り、あの庭に背を向けて暮らせばいいのだ。

列車に揺られながら名香子はそんなふうに自分に言い聞かせるほかなかった。

28

名香子一家が兵庫県明石市に転居したのは、彼女が中学一年生のときだった。社宅代わりの戸建て住宅に住み、そこから名香子は地元の中学に通った。高校は神戸市内にある私立の学校だった。明石と神戸は隣接するいわば同じエリアで、明石駅から神戸の中心地三ノ宮駅まではＪＲの新快速で十五分しかかからない。名香子の通った神戸市須磨《すま》区の高校へも私鉄を使って二十分足らずの距離だった。

その明石市で名香子は中学、高校の六年間を過ごした。それまで父の転勤で三年と同じ町に住んだことのなかった彼女にとって故郷と呼べるものがあるとすれば、多感な時期を送ったこの明石や神戸がそれだと思う。さらに大阪の大学を出たあと、神戸市内の中学校で英語教師として働いた期間を加えると、この地域で名香子は十年近くの歳月を暮らしたのだ。

いまも付き合いのある友人の多くは中学や高校時代に得たものだし、たまに明石に戻ればそういう彼女たちと三宮で一緒に集まるのが習わしにもなっている。

父の久慈男が会社を辞めて独立したのも明石でだった。

名香子が高校に合格した平成元年の春、再び転勤の辞令が下りて、このときはさすがに久慈男一人で長野の赴任先へと引っ越した。だが、それから一年ほどで彼は退職を決意し、名香子が高二に上がった平成二年の五月、明石市内で損害保険の代理店業を始めたのである。

退社独立と同時に社宅を出て、名香子一家は久慈男が購入した明石公園近くのマンションへと移った。九年前に久慈男は亡くなったが、母の貴和子はいまもそのマンションで独り暮らしを続けている。

貴和子はすこぶる元気そうだった。

会うのは昨年末に帰って以来だが、何も変わっていない。兵庫県もコロナの感染者数は多く、ことに神戸や周辺都市にそれは集中しているので今年七十三歳の貴和子も厳重注意の日々のようだったが、そうは言っても意気軒高《いきけんこう》としていた。

「朝は明石公園を毎日散歩して、一万歩は必ず歩くようにしているし、句会もオンラインで毎週やっているからね。私の生活は何ら変化なしって感じだよ」

電話でも毎回そのように言っているのだが、実際に目で確かめてみるとそれが本当だとよく分かった。

貴和子は長年句会を主宰していた。

彼女が俳句を始めたのは父の久慈男と結婚した頃からなので句歴はすでに半世紀近くを数える。ことに名香子が高校に入ってからはまさしく「のめり込む」という表現がぴったりなほどの熱の入れようとなり、大学に進学して名香子が明石を離れると、とうとう自らが主宰する句会を起ち上げて、いまでは明石や神戸でも有数の会員数を誇る会へと育て上げたのだった。

数年前からは地元紙の俳句欄の選者も引き受け、いまや作句が彼女の生活の中軸を占めていると言っても過言ではないほどだ。

名香子が実家に着いたのは午後四時半過ぎだった。

都内だとすでに夕暮れの気配が漂う時刻だが、明石はまだ充分に昼の明るさが残っている。かつて通学していた頃のように明石駅北口から明石公園の中を抜けて、園内の桜並木と向かい合って建つ実家マンションのエントランスをくぐった。

晩御飯は貴和子が頼んでおいてくれた出前の握り寿司だった。

近所に馴染みの寿司屋があり、そこの女将さんが同じ俳句仲間なのだった。というより、貴和子が通っているうちに声を掛けて彼女を句会に誘い込んだのだ。

「富《とみ》寿司もきっと大変なんでしょう？」

瀬戸内の新鮮な幸をふんだんに使った握りは、やはり名香子のいる東京西郊の寿司屋のそれとは一味違う。

「育代《いくよ》さんも頭抱えてるわよ」

真鯛を口に放り込んで貴和子が答える。育代さんというのが「富寿司」の女将さんの名前だ。

「だろうねえ」

「でも、その分、俳句に打ち込めるって言ってるよ」

「そうなんだ」

　コロナで外出自粛が始まるとすぐに母は、毎週の句会をＺｏｏｍを使ったオンライン句会に切り替えた。それまでＺｏｏｍなど聞いたことさえなかったらしいが、若い会員から教えられてさっそく導入したのだ。

　寿司でお腹がいっぱいになったところで、

「実はね……」

　名香子は、左手の指に巻かれた包帯の件から始めて、いま自分の身に起きていることのすべてを順を追って話していった。十五分ほどで一通りの説明が終わる。

「まあ、しばらく放っておきなさい」

　話をじっくりと聴き取った後、貴和子が言った。

「放っておく？」

　よく意味が分からなかった。

「そうよ」

　貴和子は頷いて席を立ち、新しいお湯を注いだ急須を持ってキッチンから戻ってくる。名香子と自分の湯呑みの古いお茶を茶こぼしに捨て、新しい緑茶をそれぞれに注いだ。

　熱い茶を一口すすってから、

「帰って来る人は帰って来るし、帰って来ない人は来ないのよ」

と言う。

「しばらくって、どれくらい？」

名香子が訊いた。

「帰って来るか来ないか、あんた自身に見極めがつくまでね」

「で、帰って来ないって見極めがついたらどうするの？」

「そりゃ、離婚するしかないでしょう」

あっさりと言う。

「本当？」

「本当かどうか分からないけど、おとうさんのときはそうだった」

そこで、貴和子は耳を疑うような言葉を口にしたのだった。

29

母が父の浮気に気づいたのは、長野に単身赴任したあと初めて彼女が父の長野市の独居を訪ねたときだったという。

「どうして気づいたの？」

「そんなの女房だったらすぐに気づくでしょう。それに相手は向こうで知り合った人じゃなかったし」

「え」

そのセリフにも名香子は驚かざるを得なかった。

「おとうさん、こっちにいるときにその人と付き合い始めたのよ。何となく怪しかったんだけど、まさかって思ってた。だけど、赴任して三週間後に長野の部屋を訪ねたら明らかに女性の影があるから、やっぱりって確信したのよ」

「それってどういうこと？」

「彼女、明石の支店にいたときの部下だったのよ。で、おとうさんが長野に行ったら会社を辞めて追いかけてきたわけ。長野から戻ってすぐに支店の人に確かめたら、最近退職したって聞いて、それで間違いないって分かったの」

「で、おかあさんはどうしたの？」

「どうもしないよ。放っておいたわ」

「どうして？」

「重たいじゃない。わざわざ会社まで辞めて追いかけるなんて。最初は嬉しくてウキウキだろうけど、そのうち男だったらうんざりしてくるわよ。しばらく好きにさせておけば帰って来るだろうって思ったの。まあ、帰るかどうかはおとうさんの判断だから、私がどうこう言っても仕方がないことだったしね」

「じゃあ、おとうさんが会社を辞めてこっちで独立したのって、その彼女とのことがあったからなの」

「そうよ。会社を辞めるって言うから、そのとき初めて彼女のことを持ち出してみたの。そしたら、いろいろあって、お前のもとに戻るにはこれが一番いいんだって。おとうさん、お前には本当に悪かったって頭を下げてきたのよ」

「一体何があったんだろう。彼女とのあいだに」

「さあね」

「おかあさん、詳しいことは知らないの？」

「知らないわよ。そんな話、ちょっとだって聞きたくないじゃない」

「そうなんだ……」

「あんたのところは、うちとは男と女があべこべだけど、でも、あんたの話を聞く限りだとそんな二人、長続きなんてしっこないと思うよ。良治さん、彼女に振られてそのうち帰って来るよ。だから問題は、あんたがそうなったときに良治さんを受け入れられるかどうかなんじゃない」

「おかあさんはどうして許したの？　おとうさんのこと」

「私の場合は専業主婦で生活は全部おとうさん頼みだったしね。あんたもまだ高校生で、これから大学だったでしょう。離婚しないで済むならそれに越したことはないと思ったのよ。もちろんおとうさんには腹が立ったけど、でも、男だったら一度や二度はそういうことがあるって思ったしね。周りでも似たような話はしばしば耳にしていたから。まあ、時代も違うし、あんたは大学だって出てるし、手に職もあるんだし、それに良治さんが家も譲って退職金も折半にするって言うのなら無理に縒りを戻さなくてもいいかもしれないわね。真理恵だって大学生だし、あんたはあんたでこれから自由に生きるっていう選択肢だってあるんじゃないかな」

貴和子はあっけらかんとした物言いでそう言った。

名香子が高校に入った頃から彼女が俳句にひとかたならぬ情熱を注ぐようになった背景には父とのあいだにそのようなことがあったのか、と名香子は初めて腑に落ちたような気がする。

あの実直な父がまさか、という思いは強い。そのうえ、母は今日の今日まで何も明かさなかったし、父の久慈男にしても同様だった。

そう考えると、あっさり真理恵に喋ってしまった自分がどことなく情けなく、後ろめたく感じないでもなかった。「まあ、時代も違うし」という貴和子の言葉を無理やりあてがって名香子は我が身を正当化するのみだ。

とはいえ、母に洗いざらい打ち明け、彼女の考えも聞かせて貰うことができて名香子は何となく心が静まっていくのを感じた。

その晩は、それからさらに遅くまで様々な話をして、二人とも寝床に入ったときは午前零時をとっくに回っていた。

翌朝、母の作ってくれた朝食を食べ、一緒に明石公園を散策した。

土曜日とあって公園は多くの人で賑わっている。ほとんどの人たちがマスク姿なのを除けば、名香子が高校に通っていた頃の公園風景と何も変わったところはなかった。

昨日、駅に降り立ち、この公園を通ってマンションを目指して歩いているときも感じたが、明石の町の空気は、住み慣れたはずの東京の町の空気とは全然違っていた。においも温度も風の感触も名香子の五感に対して無理がなくまろやかだった。吸い込むたびにその息を安堵の溜め息にして吐き出せるような、そんな特別な風合いが明石の空気には籠められている。

母と並んで園内を歩きながら、今朝も名香子は同じように感じた。

――これが故郷の味なのだろうか……。

そう思いながら別のことも思う。

母は昨夜、良治と香月雛は「長続きなんてしっこない」と断言していたが、それはそうでもないような気がする。

一番の理由は、この故郷の空気だった。

名香子がいまそれを吸って心を和ませているように、故郷を同じくする良治と雛も互いが持つ風合いに心を和ませることができるのではなかろうか。二人は、栃木の同じ高校に通い、一緒に上京して学生時代を親友同士として過ごし、卒業後は恋人同士となって結婚の約束までしていたのだ。良治にすれば、その大切な友であり婚約者である雛に突然のように去られたのは耐え難い痛手だったに違いない。

彼は恋人を奪われると同時に自らの故郷まで奪われてしまったのだから。

ところが三十年の歳月を経て、失ったはずのその故郷が、雛の告白によって我が掌中に思いがけなくも戻ってくる。肺がんを患い、死の淵を垣間見たであろう良治が、もう二度とそれを手放すまいと決心するのはさほど不思議な成り行きでもないような、そんな感じが名香子にはする。

こうして故郷の柔らかな空気を胸いっぱいに吸い込んでいると、良治のやむにやまれぬ気持ちがそこはかとなく理解できるような気がしてくるのだった。

そして、その思いは、結婚直前に子宮がんを患い、泣く泣く良治と別れた香月雛とて同じなのではなかろうか。

一時間ほど公園を歩くと一度マンションに戻り、名香子は軽くシャワーを浴びて帰り支度をした。

貴和子に別れを告げると、手にしていた一冊の薄い本を差し出してくる。

「これ、去年俳句仲間が札幌に転勤になって、あっちの句会で親しくなった人が出した句集らしいんだけど、なかなかいいのよ。みんなにも分けてくれって彼女が何冊か送って来てくれたからあんたにも一冊あげる。帰りの新幹線の中ででも読んでみたらいいわ」

母が、俳句の本をくれるなど初めてのことだった。

彼女は今まで自分の俳句を一句たりとも名香子に見せたことはないし、幾冊か編んでいる句集もくれたことがなかった。むろん、高校時代から名香子はこっそり母の俳句を見ていたし、句集にも目を通していた。ただ、彼女は彼女で貴和子に感想を述べたことは一度もない。

「ありがとう」

このときも名香子は礼を言ってその句集を受け取っただけだった。

家を出ると明石駅の南口側にある「魚《うお》の《ん》棚《たな》商店街」に寄った。そこで明石名物の焼き穴子とたこの柔らか煮を買う。

今日はこれから神戸に出て、昼食は友人の越村奈々と食べる約束になっている。

穴子とたこは奈々の大好物なので、いつも彼女と会うときはお土産に持って行くのだ。

その先の予定は立てていないが、とにかく今日と明日は神戸のホテルに泊まって、明後日の月曜日に大阪に向かうつもりだ。大阪でもう一人、どうしても会っておきたい人物がいる。

ただ、そちらは飛び込みで行くので、面会が叶うかどうか定かではない。

駄目なら駄目で諦めて、月曜日中には東京に帰ろうと考えていた。

30

「その左手、どうしたの？」

元町にある馴染みの中華屋の個室で待っていると、部屋に入ってきた越村奈々が名香子を一目見るなり、マスクを着けたまま小さな声を上げた。

「三週間前に自動車事故に遭っちゃったのよ」

やはりマスク姿の名香子が答える。

コートを脱いだ奈々が、畳んだそれを名香子の正面の椅子に置き、その上にバッグを載せて、自分は大きな円卓の斜向かいに腰を下ろした。

「電話では何にも言ってなかったじゃない」

眉根に皺を寄せながら言う。

「実はその事故絡みでいろいろあってね。詳しいことは会って話そうと思ってたんだ」

「そう……」

すでにして奈々はすっかり心配顔だ。

この越村奈々と広末《ひろすえ》美晴《みはる》、高藤《たかとう》鈴音《すずね》の三人が名香子の高校時代からの親友だった。それぞれナナ、ミミ、スズと呼び合い、ところがなぜか名香子だけは、いつも「名香子」のままなのだった。

なかでも奈々は最も親しい友人だ。

今回の良治との一件を最初に相談するとしたら目の前の彼女をおいて他にない。

「注文は済ませておいたから」

名香子が言う。

ここは高校時代からの行きつけで、頼む料理はいつも決まっている。最後に店の名物のねぎ汁そばを食べるのも恒例だった。

「じゃあ、しっかり話してちょうだい。一体何があったのか」

ジャスミン茶でとりあえず乾杯し、再び互いにマスクを着けた後、奈々が少し身を乗り出して言う。

前夜貴和子にそうしたように十五分ほどかけて一から十までを細かく説明した。

奈々は時折頷き、目を開いたり閉じたりを繰り返しながら名香子の話を聞いていた。

高校生の頃から四人の中で一番の心配性だが、一方で頭の良さも一等賞だった。そういう点では相談相手として誰よりうってつけでもある。ミミやスズも困ったことが起きたらきっと名香子同様、こうして真っ先に奈々に打ち明けていると思う。

名香子を含めて四人とも関西の大学に進学した。ミミは神戸、スズは京都、そして名香子と奈々は大阪だった。名香子は外語大だったが奈々は阪大に進んだ。だが、卒業すると二人とも教職に就いた。選んだ仕事が同じだったこともあり、社会に出てからも彼女との付き合いが最も密だった。

宝念富太郎とのことも最初から最後まで全部を知っているのは奈々一人だ。

名香子が良治と出会うきっかけを作ってくれたのは、神戸大を出て東京の会社に就職したミミだったが、そのミミが大学時代のサークルの先輩と結婚してこちらに戻るのとちょうど入れ違いで名香子は良治と一緒になるために上京した。一方、奈々も大学時代からの彼氏だった水内《みずうち》さんとの結婚が決まり、名香子が結婚して一年ほど経ったところで東京に出てきた。そんなこんなで五年前に奈々が神戸に戻るまでの十数年間、彼女とだけは途切れることなく付き合ってきたのだった。ちなみに京都の大学に進んだスズは当地の漬物屋の五代目と結婚していまも京都で暮らしている。

「そりゃ大変だったねえ」

すでに同じような経験をしている奈々だけにその一言の響きに千鈞の重みが感じられる。

「で、名香子はこれからどうしたいの？」

単刀直入に訊いてくる。

「それが分からないんだよ。母はしばらく放っておけって言うけど、それで何とかなるものでもない気がするし」

「何とかなる云々ってことは、名香子は良治さんを取り戻したいってことだよね」

親友にそう言われても、しかし、名香子には自分が良治とまた一緒に暮らしたいのかどうかはっきりと答えることができない。

「それも分からない。自分でも目の前に置かれた現実が余りに非現実的過ぎてよく理解できてないって感じがする。彼がこんなことをするなんて思ってもみなかったから」

「まあねー。そこは私の場合とはだいぶ違うよねー」

奈々の夫の水内さんは浮気の悪癖が治らず、奈々が一人娘の杏奈《あんな》ちゃんを産んでからはひっきりなしに浮気をしまくっていた。彼女に会うたびに愚痴を聞かされていたが、杏奈ちゃんが中学生になった五年前、杏奈ちゃんの小学校の同級生の母親とも関係を結んでいたのが奈々のみならず杏奈ちゃんにまで露見して、そこでさすがの奈々も堪忍袋の緒が切れ、離婚を決断したのだった。

離婚前にその話を奈々から聞かされたとき、

「もう離婚するしかないよ、ナナ」

名香子も即座にそう言い切ったのをよく憶えていた。

「私にも名香子がどうすればいいのか、分からない。ただ、一つだけ言えることがあるとしたら、離婚するのって、結婚しているときに想像してたほど大変じゃないっていうことかな。もちろん小さい子供を何人も抱えて別れるなんてなったら話は別だけど、名香子のいまの状況を考えると、たとえ良治さんと別れてもそんなに困ることってないような気がする。そこは貴和子ママの言っている通りだと私も思うよ」

名香子が、今後自分がどうしたいのか分からないのは、二つの理由からだった。

一番は、やはり良治の取った行動がよく理解できないからだ。

そして二番目は、名香子自身にも、良治の行動の是非がいま一つ判定できないからだった。

良治が名香子を裏切ったのは紛れもない事実だった。しかし、二十年以上を共に暮らした妻をあの良治が裏切るにはよくよくの理由があったに違いない、という思いが彼女からは抜けない。

奈々の元旦那の水内さんと良治は同じ男性とはいえタイプがまったく異なっていると思

う。

のべつまくなしに浮気を繰り返していた水内さんと奈々がいつまで経っても離婚しないのが以前の名香子には不思議だったが、今回、良治からあんな形で別れを切り出されてみて、奈々がなぜ結婚に固執したのか少し分かったような気もしたのだった。

いろんな女性に手を出しているからこそ、彼女は水内さんがそのうち自分のところへ帰って来ると信じることができたのだろう。実際、五年前、奈々が離婚を思い止まっていれば彼はまた妻のもとへ戻ったと思う。

一方、良治の場合はその正反対のように思えた。

これまでおそらく彼は一度も別の女性に心を寄せたことはない。そこはうぬぼれではなく、真理恵の言っていた通りだった。こんなふうになってみて、「もともと、おとうさんはずっとおかあさんが大好きだった」という彼女の言葉が事実だと納得できる気がする。だが、その前段で真理恵が口にしたもう一つのセリフの方は間違いだったと思う。

「おとうさん、肺がんになって、恐怖で頭がどうにかなっちゃったんだよ。一時の気の迷いでふらふらっと別のおんなのところへ行っただけの話だよ」

この見方はきっと正しくない。

いまの名香子にはそれがよく分かる。

良治という人は、「一時の気の迷い」などで「別のおんなのところへ」行くタイプの人間ではないのだ。

水内さんとの離婚を長いあいだ躊躇っていた奈々と、現在の自分とのあいだには相当の隔たりがあるような気がする。

だからこそ、これまで一度だって浮気をしたことのない良治の今回の選択には、その是非はともかくとして格別な強さと重さがあるのだ。

次々と料理が運ばれてきて、名香子と奈々は懐かしい味に舌鼓を打った。

「外食なんて久し振りだよ」

高校生の頃の笑顔に戻って奈々が言う。

そういえば、良治に別れを告げられた場所も同じ中華料理の店だったな、とその笑顔を見つめながら名香子は思っていた。

あの出来事からまだ一ヵ月半しか経っていないというのが、にわかには信じ難い。

31

後半は奈々の家の話を聞いた。

「そりゃ大変だね」

と言うと、

「うちも結構しんどい状況ではあるのよ」

奈々が頷く。

離婚後、奈々は杏奈ちゃんを連れて神戸に戻り、ずっと東灘区の実家で両親と一緒に暮らしてきた。ところが、昨年の十一月、父親の達郎《たつろう》さんが脳梗塞で倒れて越村家の環境は一変してしまったのだった。

「このコロナだしさ、父親もどうしたってリハビリに熱が入らないんだよ。だけど、母の方はそうやってコロナを口実に怠けているだけだって手厳しいわけ。もちろん、このまま麻痺が改善しなかったら永久に車椅子暮らしだからね。そうなったら母にしろ私にしろ父親の面倒で大事になるわけだから、彼女がイライラするのも分からないわけじゃないんだけど。最近じゃ父親に面と向かって、『こんな根性無しの男だとは思いもしなかった。ほんとだらしない！』とか平気で言うんだよ。父にすれば、それはもう驚天動地っていうかさ、これまでずっと従順だった女房が豹変したように見えてると思うよ、マジで。

結局さ、母は父の介護が嫌なんだよ。面倒なのもあるけど、弱った父の姿を見るのが耐えられないっていう気分もあるんだと思う。とにかく長年、父のことをずっと頼りに生きてきた人だからね。で、いまのいまからさっそく、いざとなったら一人娘のあなたに全部頼むからねってアピールしているわけよ」

大好物のねぎ汁そばをすすりながら、奈々はそんなふうに結論づけていた。

「家族の中で誰かが病気になったら何もかもが変わってしまうよね」

良治の肺がんのことを想起しながら名香子は言う。

「名香子も、ここでちゃんと離婚しておいた方がお得かもね。この先、婚姻関係だけ残って、良治さんがうちの父親みたいになって突っ返されてきたら大損だよ。私だっていまの両親の有様を見ていて、水内と別れたのは正解だった気がするもの。結局さ、夫婦を長年やっていると大体は夫の方が先に弱るから妻が最後まで面倒見るしかなくなるでしょう。だけど、それって正直、迷惑な話だよね。昔みたいに夫が全部稼いで、妻は子育てと家事っていう役割分担が徹底していたのなら、それも仕方ない気もするけど、いまは女だって稼いでいるし、そのくせ子育ても家事も押し付けられた末に夫の介護までさせられたんじゃ割が合わないにもほどがあるよ。そう考えると、名香子の場合のように子供が育ち上がったところで離婚できるのはラッキーかもしれないよ。名香子は仕事も持っているし、良治さんは家も譲るし退職金も半分こにするって言っているわけでしょ。真理恵ちゃんだって百パー母親の側につくに決まっているし、冷静に計算すれば、ここで別れるのは名香子のこれからの後半生にとって願ったり叶ったりの展開かもしれないよ」

　奈々はそんなことも言っていた。

　デザートの杏仁豆腐を食べているときは、いま奈々が付き合っている男性の話を聞いた。彼女はこっちに戻って来てほどなく、市内の私立高校の国語教師として復職を果たしていた。現在の彼氏は同じ学校の体育教師で、妻はいるが子供はいないらしい。七歳も年下で見栄えのいい男だと自慢していた。凄いマッチョで一緒に寝ると「ゾックゾクしっぱなし」なのだという。父親のことが心配とはいえ、高三の杏奈ちゃんも推薦での進学がすでに決まっていて、とりあえず奈々は幸せそうだった。

店を出て、奈々を見送るために元町の駅まで歩いていると、

「名香子もこっちに帰って来たら？」

不意に彼女が言った。

「歳を取ったらさ、みんなで一緒に暮らせばいいじゃない」

と前を向いたまま笑みを浮かべている。

「みんなで一緒？」

「だからさ、歳を取ったら私とかミミとかスズとか高校時代の仲間たちと一緒に暮らすんだよ。そうやって親友同士で助け合いながらこの神戸の町で朽ち果てていくのって結構高級な終わり方だと私は最近思っているんだよね」

「高級な終わり方？」

名香子が隣の奈々に目をやる。彼女は変わらず正面を向いている。

「そう。最後は夫とか子供とか、そういう七面倒臭い存在から解放されて自由におおらかに淡々と生きて、穏やかに死んでいく。それっていまみたいな平和な時代じゃないとできない、すごくいい終わり方だと思うよ。だから高級な終わり方ってこと」

いつもの冗談めいた口振りではあったが、奈々はそこで名香子の方へ顔を向け、案外本気な眼差しで言ったのだった。

32

宝念富太郎が〝二人の新居〟を訪ねて来たのは、「警察に相談する」という言葉を彼が電話口で発して三日後の夜のことだった。

名香子は、宝念の荷物を元の部屋に戻すことはしなかったし、それで彼が警察を呼ぶのなら「どうぞご自由に」という気分でいた。

部屋に上がった宝念は、自分の家具や衣類、日用品が新居にきれいに収まり、いつでも新生活が始められるよう整えられているのを見て、しばし声を失っているようだった。

いつも一緒に食事をしていた彼の部屋の小さなダイニングテーブルを挟んで二人は向かい合う。

「ナカは僕にどうして欲しいの？」

それが宝念の最初の一言だった。

ずるいなあ、と名香子は思ったが、黙って続きの言葉を待った。

「予定通りに、ここで一緒に暮らしたいってこと？」

「どうして、最初にごめんねって言わないの？」

名香子はたまりかねて呟く。

「あんなひどいことをしたのに……」

「確かにナカには悪いことをしたと思っているよ。幾らなんでも突然過ぎたと思ってる。だけど、あそこで言わなければ取り返しがつかなくなるような気がした。この三日ずっと考えて、自分がナカの気持ちを何にも考えていなかったって思ったよ。申し訳なかったと思ってる」

宝念は何度も「思う」という言い方をした。

悪いことをしたのではなくて「したと思っている」。突然過ぎたのではなくて「過ぎたと思ってる」。何も考えていなかったのではなくて、「いなかったって思った」。そして、申し訳なかったのではなくて、「申し訳なかったと思ってる」。

ずるいなあ、この人――また名香子は思う。

「今夜からここで暮らすよ。そうするしかないと思う」

そう言われたとき、「もういいよ」とよほど口にしようかと思った。

「そうするしかない、なんて言われて一緒に住むのなんてこっちから願い下げだよ」

といまにも口走りそうになったのだ。

だが、名香子は目の前の宝念の顔をまじまじと見つめて、喉元まで出かかったその言葉を飲み込んだ。

やはり、彼のことがものすごく好きだったから。

同棲を始めてちょうど一ヵ月が過ぎた日、夕食後、宝念が不意に、

「やっぱり別れよう、僕たち」

と言った。

「どうしても彼女のことを頭から振り払うことができない。これ以上、こんな生活を続けていたら僕の心が死んでしまいそうだ」

名香子は黙ってその言葉を受け止めた。今朝、今日で一ヵ月目だと思ったとき、きっとこんな夜が来ると彼女には分かっていた。

――そういうあなたは、とっくに私の心を殺してしまったんだよ。

この言葉も口にはしなかった。

宝念に岡副吹雪のことを告白された夜以降、名香子の胸には一つの言葉がでんと居座っていた。

「私は、恐れないから大丈夫」

それは岡副が宝念に告げた言葉だったが、どうしてだか、名香子はその言葉を自分が直接岡副から言われたような気がしたのだ。

――私は、恐れないから大丈夫。

宝念と暮らした一ヵ月も、彼女はずっとその言葉を自らに言い聞かせていた。

「だったら、明日までにトミの荷物を全部ここから運び出してちょうだい。とりあえず、これから私は明石に帰るから」

それだけ言って、名香子は簡単な荷造りをして〝二人の部屋〟を出たのだった。

以来、二十二年間、宝念富太郎とは一度も会っていない。

だが、「私は、恐れないから大丈夫」という一語は、いまも名香子の胸の奥に棲みついたままだ。

33

十一月二日月曜日。

梅田駅で降りて、平野町《ひらのまち》にあるN証券大阪本社まで歩いた。わざわざタクシーに乗るほどの距離ではないし、予報では雨だったが、まだ傘をさしている人の姿はなかった。どんよりとした曇り空から吹きつけてくる風も弱く、生ぬるい。寒さはまったく感じない。

午前十時過ぎの阪急電車で三宮を出発したのだが、車内はかなりの混雑ぶりだった。わざわざ通勤時間帯を外してもそうなのだから、ピーク時の混みようは感染が広がる前とさほど変わらないのではあるまいか。

とはいえ、大阪でもマスク率は高かった。ほとんどの乗客がマスク姿で俯いてスマホの画面に見入るかワイヤレスイヤホンで音楽を聴いている。

梅田駅の人出は相変わらずの凄まじさだったが、御堂筋《みどうすじ》の人通りはそれほどでもない。空模様と時間帯もあるのだろうが、大阪のビジネス街でもリモートワークがそれなりに定着しているのかもしれなかった。

十五分ほどで大阪本社の前に到着した。

御堂筋沿いに聳える巨大なガラス張りのビルは、見上げれば曇天に鈍く輝いている。

エントランスからは大勢の人々が吐き出され、また大勢の人々がビルの中へと吸い込まれている。やはり日本有数の証券会社となれば人の出入りが絶えることはないのだろう。

エントランスを抜け、呆れるほど広いロビーを突っ切って正面の受付台を目指す。

制服を着た四人の受付嬢が並んでいる。全員がフェイスシールドをつけていた。それぞれの前にはアクリル製の衝立も置かれている。

消毒用のアルコールもロビーの至るところに配置されていた。

受付横の面会票記入台で面会票に相手先の部署名と名前、自分の名前と住所、それに約束の有無も記入して、それを持って受付の前に立つ。面会票を衝立の小窓から差し出すと、

「事業法人本部長の宝念ですね」

と確認され、こちらの返事を待たずに彼女は受話器を持ち上げた。

宝念富太郎が現在、大阪本社で「常務執行役員　事業法人本部長」の地位にあることは東京を発つ前にネットで調べをつけていた。

当時から仕事ができると評判の人だったからそれなりの出世は果たしていると思ったが、それにしても五十一歳の若さで「常務」というのは驚きである。

宝念と電話は繋がったようだ。やりとりはフェイスシールドで受付嬢の声がくぐもってよく聞き取れなかった。

すぐに通話は終わり、彼女がこちらに顔を向ける。小窓から薄いカードを差し出しながら、

「この入館証をかざして、あちらのゲートをくぐり、その先のエレベーターから四十五階までお上がりください。エレベーターホールで宝念がお待ち申し上げているとのことです」

「ありがとうございます」

礼を言って入館証を受け取る。

面会票には「望月名香子」と旧姓を記した。訪問者が誰か、それで宝念にもすぐに了解できただろう。

エレベーターの扉が開くと、懐かしい顔が笑みを浮かべて目の前にあった。ダークグレーのスーツに青いストライプのネクタイ、靴はスリップオンタイプの革靴だ。本来、スーツに紐無し靴はNGなのだが、彼は若い頃から紐無しを常用していた。

「スリップオンは英米では〝逃げ足の速い奴〟って敬遠されるんだけどね。でも、紐靴は面倒で仕方がないよ」

とよく言っていた。

人間の好みというのは変わらないものだ。

ちょっと太っただろうか。口許はマスクで隠れているが、よく見ると顔にも少し丸みがある。だが、変化と言えばその程度で、出迎えてくれた宝念富太郎は名香子の記憶の中の

人物とほとんど同じだった。髪は染めているのだろうが黒々としている。

「久し振りなんてものじゃないよね」

宝念が手を広げていまにもハグしそうな勢いで近づいてくる。広げた手で名香子の身体を縁取るような仕草をして、

「全然変わってないね、ナカ」

と言った。

34

宝念は自分の部屋に案内してくれた。

「まさかナカが会いに来てくれるなんて、びっくりだよ」

執務机の手前にある六人掛けの大きなソファセットに差し向かいで腰を下ろす。ウォールナット材と思われる大きなソファテーブルにも中央に透明のアクリル板が設置されていた。差し向かいと言っても、共にソファの左端に座って正対はしない。

事業法人本部というのはどれくらいの所帯なのかは分からないが、それにしてもこの豪華な本部長室を見る限り相当な規模なのだろうと感じざるを得ない。四十五階のハイサッシの窓から見える景色も素晴らしい。

秘書の女性が運んできたコーヒーをマスクを外して一口すすったあと、

「いや、びっくり過ぎだよ、本当に」

ふたたびマスクを着けながら宝念が繰り返す。

そして彼はそのあと意外なことを言った。

「実はね、僕は夏にコロナはやっちゃったんだ。札幌《さっぽろ》に出張に行って、ずいぶん用心していたつもりだったんだけど家に帰った日から熱が出てね。驚いてすぐにＰＣＲを受けたら陽性だった。ただ熱が出たのは家に帰った日の一晩だけで、検査を受けたときはもう平熱で何一つ症状がなかったんだ。だから、保健所の判断で自宅療養に回されて、それから一週間ひたすら家に籠ってたよ。うちは子供はいないんだけど猫が四匹もいるし、預かってるのも何匹かいつもいるもんだから、とにかく猫たちが感染したら大変だって吹雪からは危険人物扱いで、彼女と猫は一階に全員避難して、僕一人で二階に立て籠ってたわけ。幸い、我が家は二世帯仕様でキッチンも洗面所やお風呂も両方にあるから、そうやって完全隔離できたんだ。いつまで経っても何の症状も出ないから退屈で、食事も自分で作ってたよ。で、一週間後に二度のＰＣＲで陰性を確認して無事釈放となった。だから、僕がナカに感染させることはないし、万が一ナカが感染していても僕が感染させられることもない。とはいってもナカは昔、自然気胸をやっているから念のためこうしてマスクは着けておこうと思うけど」

「コロナに罹った人に会ったのトミが初めて」

名香子は思わずそう言っていた。

まさか二十数年振りに会った宝念がコロナ感染を経験していたなど、信じられない偶然としか思えない。

「それ、会った人のほとんどに言われるよ」

宝念が愉快そうに返してくる。

彼のいまの話から名香子は幾つかの情報を得ていた。

まず岡副吹雪と彼が結婚していること。二人には子供がいないこと。家が二世帯仕様ということは、これから夫婦どちらかの親が一緒に住むか、乃至はかつて一緒に住んでいたということ。猫が四匹もいる点からして、子供のいない夫婦はどうやら猫たちを溺愛しているであろうこと。さらに、いつも預かっている猫がいるという話から、おそらく妻の吹雪は猫の保護活動に関わっているらしいこと。

笑みを絶やさない宝念の顔を見つめ、

「すごく気になっているだろうから最初に言うけど、今日は別に何か目的があってトミに会いに来たわけじゃないよ。だから、トミが不在ならそのまま帰るつもりだったし、そのときはもう会うこともないだろうって思ってた。ただ、最近ときどきトミのことを思い出すことがあって、それで、今回明石の実家に帰ったから、ついでに大阪に寄ってトミが元気でいるかどうか確かめたくなったの。だから、こうして面と向かって元気な顔を見ることもできたし、トミが忙しかったらもうお暇《いとま》したいと思う」

と名香子は言った。

このセリフは半分は本心だった。残り半分は名香子自身にもよく分からない。良治にあんな形で去られてみて、名香子は宝念が一体どうしているのか確かめたくなったのだ。なぜそんな気持ちになったのかは彼女にも判然としなかった。

「そうだったんだ」

宝念は呟くように言い、

「そういうことってあるよね。僕もナカのことはときどき思い出していたから」

と言った。

「ところでナカ、こうしてせっかく会えたんだからお昼でも一緒に食べない？　といっても外食は心配だろうから、店屋物を頼むけど」

「仕事は大丈夫なの？」

「全然だよ。毎日ひまを持て余しているよ。このビルで働いている社員だって週の半分はリモートだしね。大阪じゃまた感染者も増え始めているし、年末は恐らくさらにリモートを強化しなきゃいけなくなると思うよ。僕の部署なんていまでも開店休業みたいなもんだよ」

「そうなんだ……」

宝念はソファから立ち上がると両袖付きのがっちりした執務机の引き出しから紙の束を取って元の席に戻ってきた。その紙束をトランプのように扇形に両手で開いて掲げてみせる。

「何にする？」

どれもテイクアウトのメニューだった。それぞれの紙に和食、丼物、中華、洋食、うどんとそば、ピザなど色とりどりのメニューが並んでいる。

「トミにまかせる」

と言うしかない。

「じゃあそうしようか。ナカは好き嫌いがないもんね」

メニューの中からすぐに一枚を選び出すと、宝念は手元のインターホンのボタンを押した。

「山口《やまぐち》さん、お弁当を二人前頼みます」

そう言って店の名前とお弁当の種類を告げた。

名香子が好物のカニクリームコロッケ弁当、宝念はシーフードフライ弁当だった。宝念に頼まれて、カニクリームコロッケ一個とエビフライ一本を交換する。

「ナカはいつもこうやっておかずの取り換えっこするのが嫌そうだったよね」

宝念が言い、

「そうだったかな」

と名香子は言う。

「お好み焼きを分けるのさえ嫌がるから呆れちゃったよ」

実は、その通りだった。名香子は自分の注文した品を食べ切るのが好みなのだ。

弁当を食べながら互いの家庭の話をした。電機メーカーのエンジニアと結婚して東京に移り住んだこと。いまも都内に住んでいて、去年大学生になった一人娘がいることなどを名香子は伝える。

「娘さんか。ナカの娘だからさぞや美人だろうね」

「どうだろ。彼女は夫に似ているから」

名香子は言い、

「でも、わりと可愛い方だとは思うよ」

と付け加えた。

「トミは子供は作らなかったの？」

子供はいないと先ほど宝念が言っていたのを思い出す。

「うちは僕の方に問題があったんだ」

「問題？」

「実は、無精子症だったんだよ。なかなかできないものだから夫婦で病院に行ったら、そうだって分かった。さすがに最初聞いたときはショックだったし、こりゃヤバイと思ったよ。場合によっては離婚かもしれないってね」

「そうなんだ」

宝念が避妊に気をつかっていたのは憶えている。そういうことも彼を好きになる理由の一つだったのだ。

「でも、そうだと分かって、だったら私たちは子供のいない人生を送りましょうって彼女はすぐに言ってくれたんだ。それでほっとした」

一度も会ったことも話したこともない相手だが、岡副吹雪ならきっとそう言うだろうという気がする。

「猫はいつから飼っているの？」

「一番の古株はもう十歳を超えたんだ。昔、ミーコの話をしてくれたよね。僕もそのときのナカと同じだったよ。いまは西宮《にしのみや》だけど、当時は豊中《とよなか》に住んでいて、家の近所をよく走っていたんだ。そしたらいつも通りかかる公園の草むらの方から猫の鳴き声がしてね。見に行ったら生まれたばかりみたいな子猫が一匹だけいた。それで家に連れて帰って飼うことにしたんだよ。この子のおかげで吹雪の猫愛に火がついちゃってさ、いまじゃあ彼女、猫の保護活動で関西中を飛び回っているよ」

「へぇー」

「まあ、うちじゃあ猫が子供みたいなものだけど、でも、ナカは娘さんを持つことができて良かったね。もしもあのまま僕と一緒になっていたら子供は作れなかったんだから」

宝念が別に他意があるでもない様子で言った。

「でも、子供のいない人生だって悪くないよ、絶対」

名香子もまるで他意なく、本心からの言葉でそう返す。

「ありがとう」

宝念がまた笑みを浮かべて言った。

35

「何か困ったことがあって来たんじゃないよね？　お金とか病気とか。それだったら僕だって力になれることがいっぱいあるよ」

一階ロビーまで見送りにきた宝念が、別れ際に言った。

「やめてよ。そんなんじゃないよ」

「本当に？」

「本当だよ」

宝念は渋々のように頷く。

「また、こっちに来ることがあったら連絡をくれよ。いつでも大丈夫だから」

だが、彼は最後まで名香子の連絡先を訊いてくることはなかった。

36

N証券大阪本社のビルを出ると心斎橋《しんさいばし》方向に歩き始める。

空は雨どころか薄日が射して、気温もさらに上昇しているようだった。着替えなどを入れたキャリーケースは神戸のホテルを出るときに宅配便で送っていた。バッグ一つの身軽さだし、このまま梅田に戻って新大阪駅に向かい、東京行きの新幹線に乗るのが少しもったいないような気がした。

　せっかくだから、ちょっとだけでも大阪の街の空気を吸ってからにしたい。

大学が大阪だったといっても、キャンパスは箕面《みのお》市の外れにあったので滅多に梅田やなんばに来ることはなかった。それでもサークルのコンパやイベントで出かけることはあったし、大学一年の夏休みにアメリカ村でアルバイトをした経験もある。

　こうして御堂筋からなんばに向かって歩けば胸の中に懐かしさが滲み出てくる。

アメリカ村でバイトしたのはロンドン留学の費用の足しにするためで、あの頃はロンドンに行くことが人生最大の目的だったし、何ものにも優る夢だった。

実際に渡英しての一年間は夢のような日々だったと思う。

ただ、確かに貴重な経験ではあったが、その経験がどのくらい自分の人生に活きたかと言えばそうでもなかったような気がする。英語を一生の仕事にできたのは幸いだったが、若い頃の自分がどうして英語という言語にあそこまでの興味を持ち得たのか、今にして思うと理由がよく分からない。

　中央大通《ちゅうおうおおどおり》を渡ったところで左折して心斎橋のアーケード商店街へと入った。

　月曜日の昼時とはいえ、さすがに狭いアーケード街は人で溢れていた。

　余りの混雑ぶりに名香子は一瞬たじろいだが、ここでも誰もがマスク姿なのを確かめて長い商店街へと踏み出していく。

こんな人混みを歩くのは何ヵ月ぶりだろうか。

昨日散策した日曜日の神戸元町や三宮のアーケード街も多くの人で賑わっていたが、やはり心斎橋の混みようは桁違いだ。

梅田や心斎橋ほどの人波は、東京といえどもそうそうお目にかかることができない。

長堀通《ながほりどおり》を越えて大丸心斎橋店まで歩いたところで、さすがに人酔いを感じた。大丸を通り過ぎた先の建物の二階にカフェがあるのを見つけて、そこに避難することにする。下から覗くと全面ガラス張りの窓際の席はボックスシートになっていて、空席が二つほどある。

時刻はすでに一時半になろうとしていた。昼餉時も過ぎ、この混雑もそろそろ一段落してくるのだろう。

店に入ると何も言わずとも店員が窓際の席に案内してくれた。

前後がしっかりと遮蔽されているので感染の危険性はほとんどないと思う。名香子はシートに腰を下ろして一息つく。首や肩を動かし、特に脱臼した左肩の具合を確かめた。痛みもほとんど抜けたし、違和感もなくなっていた。同じく左手の指二本も問題はない。

今朝は包帯無しでホテルを出てきた。宝念に妙に勘繰られるのが嫌だったし、多少の動かしにくさはあったが、そろそろ外そうと思っていたのだ。

注文を取りにきたウエイトレスにカフェラテを頼む。

右手の窓からは商店街を歩く大勢の人たちの姿を見下ろすことができた。

暖かい日が続いているからか、誰もが軽装だった。ちらほら見える背広姿の男たちの中にもコートを手にしている者は誰もいない。

マスク率は九割を超えているだろうか。

こうして斜め上の視点で、マスクの人波を眺めるのは初めてだったが、それはもうすっかり見慣れた風景に過ぎなかった。

むしろ、人々があのマスクを外してこんなふうに歩けるようになったとき、その光景を見たらさぞや違和感を覚えるのではあるまいか？

老若男女さまざまな姿の人々が狭い通りを行き交っている。

この人たち一人一人に親がいて、きょうだいがいて、友人がいて、子供がいる人もいる。それぞれの人生があって、それは他の誰とも同じものではなく、彼らは毎日食事をし、排泄をし、どこかで必ず眠っている。

病気の人もいれば絶好調の人もいる。たったいま結婚の約束をしてきた人もいるし、離婚を決意した人もいる。幸福だと答える人もいて、不幸だと答える人もいる。どっちでもないかなあ、と答えを濁す人も多いに違いない。

そして、いま眼下を歩いている人は、たった一つの同じ場所へと向かっている。

千差万別な彼らにおいてその場所のみが共通であり、だが、その場所が同じであるという不動の事実が、彼らをどうしようもなく一体のものとさせているのである。

人間というのは何なのだろう？

名香子は思う。

この人たちが生まれ、生き、そして死ぬ。

それって一体何だ？

その問いはそのまま名香子自身にも突きつけられる。

先ほど一緒に弁当をつついた宝念富太郎の顔を思い出す。

宝念は無精子症だという。

「もしもあのまま僕と一緒になっていたら子供は作れなかった」

と彼は言った。

「ナカは娘さんを持つことができて良かったね」

とも。

真理恵を産まなかった人生を想像することはできない。彼女は生まれ、名香子の手の中で育ち、ようやくいま巣立とうとしている。そんな真理恵が存在しない世界を名香子が覗き見ることは不可能だ。

しかし、宝念の言葉を耳にして名香子が真っ先に思ったのは、そういうことではなかった。

――この男を私から奪った岡副吹雪は子供を産むことができなかった。

彼女は溜飲が下がる思いで、瞬時にそう思ったのである。

　だが、いまこうしてそのことを反芻し、名香子は自分という人間の浅ましさが少し恥ずかしかった。吹雪は夫が無精子症だと知り、それをすぐに受け入れたのだという。

「私は、恐れないから大丈夫」

　吹雪の誇らしげな声が聞こえてくるようだ。

　宝念は、なぜ名香子ではなく吹雪を選んだのか？

　彼はあの晩、

「岡副さんがナカに似ているんじゃなくて、ナカが岡副さんに似ていたんだよ。そして、僕が本当に愛すべきなのはナカじゃなくて、きっと岡副さんの方なんだよ」

と言った。

　その言葉は見事に真実を射抜いていたのではなかったか？

　真理恵の父となった徳山良治には香月雛という婚約者がいた。

　もしも、雛が自らの病を良治に告白していれば、恐らく良治は雛との結婚を押し通していただろう。雛も評していたごとく、良治とはそういう人だ。

　そうなっていれば、親友のミミが連れて行ってくれた忘年会で名香子が良治と出会うことはなく、また結婚することもなかったに違いない。

　名香子は無精子症の男性と別れ、良治は子供を産めない女性との結婚を断念させられた。

　そして真理恵が生まれたのだ。

――まるで真理恵が仕組んだような成り行きじゃないの……。

名香子はふとそう思う。

良治は十月八日に退院した。雛からの留守番メッセージには「徳山君は予定通りに退院しました。比較的元気にしております」とあったが、あれから一度も本人からも雛からも連絡はない。

真理恵が初めて良治を訪ねたのは退院翌日の九日だった。

彼女からその話を聞いたとき、名香子は良治の具合を何も訊ねなかった。

退院の次の日ということは手術から数えてもわずか四日しか経っていない。そんな良治が遠い三鷹の病院まで赴くのは肉体的にきつかったのではないか？

彼が見舞いを断った背景には当然そうした体調の問題もあったのだろう。

手術からもうすぐ一ヵ月が経つ。退院日からでも今日で二十六日目だった。良治は順調に回復しているのだろうか？　手術の後遺症や術後の傷の痛みに苦しんだりはしていないのか？

だが、それらのことは名香子にとって、遠い風景のさらに遠くの空に浮かぶ小さな一片の雲のようなものだった。

良治自身が、今後の治療は香月雛と一緒に進めて行くと宣言しているのだ。

患者本人がそう言い、まして雛の主治医が副院長を務める築地のがんセンターで手術も受けた。だとすればいまさら名香子に割って入る余地などあるはずもない。

そうした感慨は、二十二年も一緒にいて、一児をなした夫婦としては薄情に過ぎるものなのだろうか？

そんな気もするが、そうではないような気もする。

人生とはそういうものだし、夫婦もまたそういうものなのではないか？

子供をもうける以外にもっと別の何か特別な価値が夫婦にあると考えるのは、若気の至りに過ぎないのかもしれない。

少なくとも名香子と良治にはそんな価値などなかったのだ。

――真理恵が育ち上がったいま、自分たちが一緒に暮し続ける理由はない。

あの日、「敦龍」で良治が口にしたあれこれは、要するにその一事を名香子に伝えるためのものだったと思われる。

真理恵を産むという以外に、私たちに与えられた役目や意味はなかった。だとすれば、これからの歳月は、二人とも、ただ好きなように生きていけばいいだけではないか。

一昨日、元町駅まで歩く道すがら、奈々は「歳を取ったらさ、みんなで一緒に暮らせばいいじゃない」と言った。

「最後は夫とか子供とか、そういう七面倒臭い存在から解放されて自由におおらかに淡々と生きて、穏やかに死んでいく」

そうした「終わり方」が人間として「高級な終わり方」なのだと彼女は言うのだ。

母の貴和子も、

「あんたは大学だって出てるし、手に職もあるんだし、それに良治さんが家も譲って退職金も折半にするって言うのなら無理に縒りを戻さなくてもいいかもしれないわね。真理恵だって大学生だし、あんたはあんたでこれから自由に生きるっていう選択肢だってあるんじゃないかな」

と言った。

――奈々や貴和子が言っていることはきっと正しい……。

名香子は心斎橋商店街の雑踏を眺めながら、心の中でそう呟いてみる。

37

午後三時過ぎの「のぞみ」に乗った。

今回もグリーン車にしたが、往路よりは空いている。京都でも隣席は埋まらなかった。これで名古屋までは一人だ。

名香子はようやくゆったりとした心地になる。

しばし窓外の景色を眺めた後、倒していたシートを元に戻し、フックに掛けたバッグから一冊の薄い本を取り出す。「帰りの新幹線の中ででも読んでみたらいいわ」と言って母が実家を出るときに渡してくれた句集だった。

母の句会のメンバーの一人が昨年札幌に引越し、そこで新しく知り合った俳句仲間の句集を母宛てに何冊か送ってくれたのだと言っていた。ということは、この句集の作者は母の直接の知り合いではないわけだ。

作者は「國兼《くにかね》よし子」。表題は「句集　枯向日葵」だった。「枯向日葵」は「かれひまわり」と読むのだろう。表紙カバーは夕景にたたずむ何本かの向日葵のシルエット写真だが、なるほど、どのひまわりも重そうにこうべを垂れて太いはずの茎も立ち枯れた様子に見える。

奥付によれば今年の九月に出版されたばかりのようだ。短歌研究社が版元だし、帯の表に宮部《みやべ》みゆきの「よし子さんの世界。それは心翔ぶ17音のジャパニーズ・マジックリアリズム」という推薦文が大きく刷り込まれていることからして、案外高名な俳人なのかもしれない。ただ、「ついに第一句集刊行！」とその下にあるから、これが処女出版ではあるらしい。

帯裏には作者の簡単な経歴が記されている。

〈昭和十年生まれ、北海道札幌市在住。縁あって六年前から、作家・宮部みゆき氏の私的句会「ＢＢＫ句会」（おもに編集者たちで構成）に参加し、自由で意外性ある作風で、メンバーを刺激し続ける、85歳の「エース」〉

宮部氏が推薦文を寄せているのは、どうやらそうした関わりゆえのようだった。

巻末の頁を繰って著者の「あとがき」の前段を読むとさらに詳しい経緯が分かった。

〈昭和の終わりごろに他界した夫が、定年退職後に入会した「うらら句会」に、なんとなく付き添いで入会してから三十有余年。

その後、四方万里子《よもまりこ》氏、新妻博《にいづまひろし》氏、辻脇系一《つじわきけいいち》氏という先達に恵まれて、なんとか続けていくことができた。

また、出版社で文芸の編集者をしている息子に便乗して、六年前の平成二六年の夏から、思いもかけず作家の宮部みゆきさんと編集者の方々の「ＢＢＫ句会」にも加えていただくという幸せにも恵まれた。

現在、末席に加えていただいているのは、現代俳句協会、雪嶺銀河同人、歸の会、北農連会俳句会、ＢＢＫ句会。

なんとなくの付き添いであったり、便乗であったり、だが、今では俳句は私の身の一部になっている。

黄泉平坂を越える時にも、五七五を数えながら行くことでしょう。〉

黄泉平坂を越える時にも、五七五を数えながら行くことでしょう——母の貴和子もまさしくこの通りだと名香子は思う。彼女の人生においても俳句は完全に身体の一部になっている。その点はこの作者とまったく変わらないだろう。ちなみに貴和子は昭和二十二年の生まれだから作者よりちょうど一回り若いことになる。

句集に目を通すなど何年振りだろう。

たまに里帰りしたときに貴和子の書棚からこっそり引っ張り出して眺めることはあったが、それにしたってもう数年はそんなことをした記憶がなかった。まして、書店で句集を手に取ることなど滅多にない。新聞の俳句欄でさえ読み飛ばすのが通例だった。

よく考えてみれば、実の母があれほど熱を入れている俳句というものに娘の自分がこれほど無関心のままでいたというのも不思議と言えば不思議な気がした。

貴和子が俳句をやっていることをマイナスに捉えたことは一度もない。

むしろ、いい趣味だと思ってきたし、句会を主宰するようになってからは尚一層人脈も広がり、彼女自身の暮らしも生き生きとしているのが見て取れた。そういう意味では、長年、故郷に母親一人を残している形の名香子としては、俳句さまさまと日頃から感謝しているくらいなのだ。

そんなことをつらつら考え、名香子は小さなため息をつく。

父の退社独立の背景に母への裏切りが潜んでいたとは思いもよらなかった。

あの父が明石支店の後輩社員と関係を結び、彼女は仕事を辞めて、長野に単身赴任した父を追いかけたというのだ。

父は明石に戻ってくると決めたとき、「いろいろあって、お前のもとに戻るにはこれが一番いいんだ」と母に頭を下げたという。

いろいろあって、とは何のことなのか。わざわざ長野まで追って来てくれた彼女とのあいだにたった一年の間に一体何があったのだろうか?

母は詳しいことは知らない、と言っていたが、それは本当なのだろうか？

そもそも、父とその女性との別れ話に母は一切介入していないのだろうか？

愛人と別れ、退職して明石で独立するという決断は父一人で行ったものなのだろうか？

肝腎の父が何も語ることなくこの世を去った今、娘の名香子にはそのへんの事情を詳らかにすることはできない。母にあらためて訊ねたところで返ってくる答えは同じだろう。

父と別れたその人は、いま何をしているのだろう？

彼女のその後の人生はいかなるものだったのだろう？

父よりずいぶん若かったと母が言っていたから、恐らくは、いまも彼女はこの日本のどこかで生きていると思われる。それこそ毎日食事をし、排泄をし、どこかで必ず眠っている。病気かもしれないし、健康かもしれない。結婚したかもしれないし、しなかったかもしれない。幸福かもしれないし、不幸かもしれず、そのどっちでもないのかもしれない。そして彼女もまた、あの心斎橋商店街を行き交う大勢の人々や名香子自身がそうであるように、たった一つの場所へと向かって日々歩き続けているのである。

名前も顔も年齢も知らない彼女のことを想像していると、いつの間にか一度だけ会った香月雛の顔をそののっぺらぼうの顔に重ねているのに気づく。

物思いから離れ、名香子は「枯向日葵」を開いた。

売り言葉買います赤いコスモス群

大寒波さりげなく致死量
翔べるならあの紅葉峪《もみじだに》鬼女にもなろう
おぼろおぼろ柩の窓はワタシが閉じる
ほどほどに生きて敬老の日の粗品
紫木蓮みだらな奴から散るがいい
捨て家に桜が咲いた通りゃんせ
煮こごりやつるりと嘘のつけぬ奴
介護士の好みの味に切り干し煮
四万六千日長く生きたら魔女になる
隣る世へひょいと近道千本吉野
人工呼吸器はずしましょうねクリスマス
点滴の秋色雫うつらうつら
てんこ盛りの秋と相乗り車椅子
ダンゴ虫の気持手術後のワタシ
道づれはご免こうむる菊の花
別れあり動けぬ足ありはらはらもみじ
濃紫陽花なんでもないのに涙が出るの
ときめきのまだある不思議花の雲

黄水仙ちょい悪婆《わるばぁ》で生きてやる
生き残るための息叶く熱帯夜
日向ぼここの世まだまだ捨てがたく
菊日和イイヒトダッタと云われても
小さなウソこぼれちゃったのポンポンダリア
いつの日かこわれるわたし水中花
骨のない魚病院の長い夜
降る雪の声拾いたい　補聴器
雪あかりへ乗って行きます猫のバス
初々しいエロスもありて水芭蕉
焼茄子　昔お嫁であったころ
表札は亡夫の筆跡春愁い
春めくや点滴の針するりと入る
広辞苑に個食という語稲雀
隣る世へムーンウォーク罌粟の花
黄落の頭痛空間白いカラス
赤い柩ほしいとおもう天の川
ひろいやすい骨になりたいふゆのつき

ねんごろに雪像の骨拾ってゐる
一言も交わさぬ日なり秋刀魚焼く
コンナニ暑クテモ死ニモセズ
楽しみに遺影を選ぶ木の芽時
膝が笑つて殿様バッタみーつけた
君の背をさすりし手もて洗ふ墓
星月夜隣りのベッドに虎がいる
ひまわり迷路だんだんアリスになっていく
雪女を殺してきたと春北風
年上の妻となりけり彼岸寒
怖くない死がありますかおぼろ月

「あとがき」の後段には、著者がかつて腸閉塞のあと敗血症になって寝返りも打てなくなったことや、脳梗塞で失明の危機に陥ったことなどが記されていた。それもあって、たくさんの句の中でも病気や老い、死にまつわるものについ目がとまってしまう。

だが、他の句も含めてそれぞれをまずはさらりと読み、頁を戻って一句一句の含意を考え、さらにまた戻って気になった句を改めて味わっていると、とりわけてそうした病気や老い、死に関する句が独特の明るさや軽み、諧謔《かいぎゃく》の光を放って名香子の心をほのあたたかくしてくれるのだった。

　三十年余りも前に夫を亡くし、独りで生きる八十五歳の老女にもこんなにものびやかで生き生きとしたこころが息づいているのか、と名香子は自らの遠い未来を思いがけず見晴るかせたような愉快な心地がした。

「なかなかいいのよ」

と言ってこの句集を手渡してくれた母の気持ちが察せられる。

　そんなふうにして長い時間、百三十頁、三百六十ほどの俳句のあいだを往ったり来たりしているうちに、ふと気になる一句に目が留まった。

　というのも、よく見るとその句の上にだけ小さな丸い印がついていたのである。

　薄い鉛筆なのでいままで気づかなかったのだ。

初みくじ凶なり戦い甲斐ある年だ

という一句だった。

　名香子は、その句を何度か口ずさみ、まっさらの本の中でわざわざこの一句にだけ丸印を振った母の気持ちを思う。

　いかにも貴和子らしい激励の仕方だ、と感じた。

38

帰京したらすぐに仕事を始めるつもりだったが、考えが変った。

各種の報道や現在のコロナ感染者数の推移を見ていると、どうやら今月後半から年末年始にかけて再び大規模な感染拡大が起きそうな気配だった。そうなれば、九月から再開した英語学校のレッスンも大半がリモートに戻るだろうし、個人レッスンも引き続きリモートということになるだろう。

名香子の場合は三月からそうやってパソコンとヘッドセットで生徒たちに英語を教えてきたので、この分だと少なくとも来春までさらに半年近くそんな日々が続くことになりそうだった。

――だとすると、もううんざりだな。

と思った。

良治は、人間というのは、長い人生の中で幾度か〝もう一度〟のチャンスが与えられると言っていた。そのチャンスを摑むのも見送るのもすべて自分次第。そして、彼は今回巡ってきた最後の〝もう一度〟を摑み取って香月雛との新しい人生に踏み出すと決心したのだと……。

呆れ返ってモノも言えないような身勝手で無責任な言い分ではあるが、しかし、その相手と一児をなし、二十年以上の歳月を共にしてきた名香子にも責任の一端はあろうかと思う。良治という男を夫に選んだのは名香子自身なのだし、となれば、これが〝もう一度〟のチャンスであろうとあるまいと、名香子もまた人生を大きく変えるべき岐路に否応なく立たされてしまったのは確かだろう。

幾らコロナとはいえ、そんな人生の一大事のときに、日がなパソコンの画面に向かって英語を教えてばかりでいいのだろうか？

うんざり、というのはそんな気分もあいまっての感想でもあった。

東京に戻って来た翌日、一晩思案したうえで、名香子は佐伯教室長に電話を掛けた。このまま退職したい旨を伝え、理由は、事故の後遺症が想像以上につらく、とても仕事に戻れる状態ではないこととし、

「必要であれば診断書も提出致します」

と付け加えた。

むろん教室長はそこまで求めるようなことはなかった。「残念です」と弱った声は作っていたが、実のところ、今回のコロナもあってリモート講師の求人は買い手市場だ。得意の英語を使って在宅で働きたいと思い立つ人は山ほどいる。名香子のようなベテランは貴重ではあろうが、そうは言っても代わりが見つからないはずもない。

同じ後遺症を理由にして、個人レッスンをつけている生徒たちにもメールを送った。突然の打ち切りは驚きだろうが、とはいえ、すでに代理の講師を紹介してリモートレッスン

自体は続いているので彼らに実害は出ない。

当然、代理講師を頼んでいた二人の講師仲間にも事前に了解は取り付けておいた。両人とも長年の付き合いなので、

「そういう怪我は最初が肝腎だからね。仕事のことはとりあえず忘れてしっかり治療するのが一番だよ。生徒さんたちのことはこっちで引き受けるから」

口を揃えてそう言ってくれたのだった。どちらも名香子に劣らぬベテランだから、生徒の方にも不満はないに違いなかった。

そうやって長年、休むことなく続けてきた英語教師の仕事から完全に手を引いてみると、これが案外、何ほどの感慨ももたらさなかった。

当面の衣食住に不安がなく、名香子名義の預貯金もそれなりの額が貯まっている。

ヘンな話、この家さえあれば、そんなに無理して働かなくても何とか一人で暮らしていけるだけの算段はすでについている。

——要するに、いつ辞めても良かったってことだ。

そう気づいてみると、自分がなぜ教師の仕事を続けてきたのか本当の理由が透けて見えたように思えた。

一つは、やはり英語を誰かに教えるという仕事自体が好きだったのだろう。そうやって自らの英語力を磨き続けることにも意義を見出していたような気がする。

もう一つは、夫の経済力に生活のすべてを依存してしまうのが嫌だった、というより怖

かったのだ。

名香子の中での専業主婦のイメージは、誤解を恐れずに言えば「囚人」のそれだった。夫という刑務所長兼看守がこちらの一挙手一投足に目を光らせながら監視している〝ひとり刑務所〟の服役囚――いつの頃から自分の意識にそのようなイメージが形成されたかは定かでないが、恐らくは中学、高校時代にはもうそんな感じだったと思う。

母の貴和子のせいではなかった。

父と母は仲の良い夫婦に見えたし、転勤だらけの暮らしの中でどこに住んでも常に変わらぬ盤石な家庭を作り上げる母の手腕に名香子も、そして父の久慈男も大きく支えられていた。

母に対するイメージは「囚人」どころか「一家の大黒柱」だったのだ。

ということは、時代のせいだったのだろうか？

教育のせい？

メディアのせい？

しかし、それなりの分別がついた現在でも、やっぱり名香子の中の「専業主婦」は囚人服姿のままなのである。

――囚人にならないために私は働いてきたのか。

そう思うと腑に落ちる気がする。

刑務所長兼看守である夫という存在が消え去った今、自分が仕事を辞めることにさほどの躊躇いも後悔も感じないのは当然というわけだ。

家庭という刑務所、夫という刑務所長兼看守がいない世界には「専業主婦」という名の囚人は成立し得ないのだから。

東京に戻って三日後の十一月五日木曜日。

関西土産を受け取るために久し振りに真理恵がやって来た。

マスク姿のまま家に上がり、ダイニングテーブルのいつもの席に座る。彼女にだけコーヒーを淹れてやり、名香子はルイボスティーにして、斜向かいの席に腰を下ろした。

明石に帰ったときは必ず買ってくる蓬莱《ほうらい》の豚まんと聖護院《しょうごいん》の八ッ橋を渡す。

どちらも真理恵の大好物だった。

「マスク外しちゃいなさいよ」

コーヒーをするたびにマスクを取り、また着けている真理恵に言った。

「私だって三泊四日で明石まで行ってきたんだもの。ご覧の通り何ともないし、少し自信がついたわよ」

「そうもいかないんだよ。私、昨日、おとうさんのところに行ってきたばかりだからさ」

昨夜の電話では言っていなかった話が真理恵の口から飛び出す。

「そうなの」

とはいえ、名香子はそれほど驚かなかった。

「あのお店で話したんだけど、結構、お客さんもいたし、おとうさんはマスクはしてたけど、こっちは冷や冷やものだったよ。普段は二階の事務所でじっとしているとは言ってたけどね」

「だったら二階で会えばよかったじゃない」

そう言いながら一度だけ入った「ジョウロ」の二階の広いフローリングの部屋を思い出す。あれは十月五日だからちょうど一ヵ月前だ。それにしてはずいぶん昔のことのような気がする。

「二階はあの人が絵画教室で使っていて入れないみたいだった。だからおとうさん、教室のある日は下にいるみたい」

「そう」

肺がんの手術をしたばかりの良治が、客の集まる「ジョウロ」で時間を過ごすのは危険な気がする。万が一感染すれば、まだ五十代とはいえ重症化する可能性が高いのではあるまいか。

「でも、昨日で最後だとは言ってた」

名香子の不安を察してか真理恵が言った。

「昨日で最後って？」

「絵画教室のこと。緊急事態宣言が解除されたあと再開してずっと続けてたらしいんだけど、さすがに感染者も増えてきているし、また当分閉めることにしたんだって」

「そうなんだ」

「みたい」

そこでしばらくやりとりが途切れる。名香子としては次の言葉を待つしかなかった。

すると真理恵は上着のポケットからスマホを取り出して何度かタッチした後、こちらに画面を向けてきた。

「これ、見てよ」

名香子は画面に顔を近づける。

金髪に派手な黒縁メガネの男性が写っていた。黒のTシャツの上にカーキ色のてかてかのフライトジャケットを着ている。ジャケットの裏地はオレンジだった。

「誰だか分かる？　この人」

そう言われても、名香子にはぴんとこない。

「誰なの？　この人」

「よく見てみてよ」

真理恵がスマホ自体を渡してくる。両手で受け取って目前に近づけた。金髪男は満面の笑みを浮かべ、いまにもピースサインでも作りそうな雰囲気だった。

ようやく気づいて名香子は真理恵の方を見た。

「どうしちゃったの、これ」

「私だって、最初出てきたときは誰だか分かんなかったよ」

よくよく観察してみると、その金髪男は良治だったのだ。

「それで？」

何が「それで？」なのか自分でも分からないが、そう言ってみる。

「もう会社も辞めてすっかり自由人なんだって。昔からこんな格好がしてみたかったらしいよ。アメリカにいたときも金髪にしようかと思ったけど勇気がなくてできなかったんだって。この写真で一目瞭然だけど、とにかくおとうさん、ほんとに人が違ったみたいになってるんだよ」

名香子は改めてスマホの中の良治を見る。

——なんだか楽しそうにしてるじゃない。

ふと思う。

「おかあさん」

真理恵が真剣な顔つきになっている。

「いまのおとうさん、頭がどうにかなっちゃってるよ。だから、しばらくは好きにさせるしかないかも」

好きにさせるも何も、向こうが勝手に好きにしているのだ——と内心で呟く。

「で、マリは香月さんとは？」

話の筋をずらした。

真理恵がこれまで「ジョウロ」を何度訪ねているのか分からないが、名香子が入院した翌日に行ったときは香月雛にも会ったと話していた。

「帰り際にちょっとだけ。教室が終わって店に戻ってきたみたい」

真理恵は言い、

「おとうさんもあんな人のどこがいいんだろ。おかあさんの方が百倍きれいなのに」

と独り言めいた呟きを口にする。

「で、おとうさんとはどんな話をしたの？」

「おかあさんの事故のこととか、おとうさんの体調とか」

「そう……」

そこで名香子は娘の顔を凝視した。

考えてみれば、この子にはずいぶんと迷惑をかけている。愚かな夫婦のとばっちりを一番蒙っているのはこの子なのではあるまいか――と申し訳なく思う。

「写真の通りで、おとうさんは元気そうだったし、本人ももう痛みもないし快調だって言ってた」

「そう」

良治は真理恵を溺愛していた。真理恵も父親が大好きだった。そんな父娘の関係を自分の都合で損なってしまうのは厳禁だと名香子はいつも自らを戒めてきた。

「おかあさんの怪我もだいぶ良くなったって言ったら、おとうさんホッとしてたよ」

「そう」

名香子は頷いたあと、

「他には何を話したの？」

と付け加える。別に聞きたい話はないが生返事ばかりでは真理恵に済まない気がしたのだ。

「あとは別に何も。おとうさんが、この店のナポリタンを食べろってしつこく言うから、しょうがなくて食べてきたくらいかな」

「ナポリタン？」

「そう。先代秘伝のレシピで作ってるらしくて、あそこの名物なんだって」

「そんなに美味しいの？」

「まあ、普通に美味しいって感じかな。もちろんお金はちゃんと払ったよ。渇しても盗泉の水を飲まずだからね」

ふふんという調子で真理恵が言う。

母親の目から見てもその表情は愛らしく生き生きとしていた。いま彼女が、女性として最も華やかな季節を迎えようとしているのがよく分かる。そこまで成長した娘のことがどことなく頼もしく感じられてくる。

「〝渇しても盗泉の水を飲まず〟なんて言葉、よく知ってるわね」

名香子が訊くと、

「帰るときにレジでお会計をしていたら、おとうさんが笑いながら言ったんだよ。渇しても盗泉の水を飲まずってやつかって」

すました顔で真理恵は答えたのだった。

39

真理恵が帰った次の日から名香子は部屋の片づけを始めた。

もう事故の怪我もすっかり癒えたし時間もたっぷりとある。先ずは家の中をきちんと整えたいと思ったのだ。

良治の物を一掃することに決めた。

別にそれで彼との関係に踏ん切りをつけるつもりではないし、それが彼の行動への多少なりともの反撃、意趣返しになると思っているわけでもなかった。

まあ、簡単に言えば故人の遺品整理のような感覚だ。

とはいえ、亡くなった親しい縁者の遺した物品であれば、すぐに手をつけるのも憚《はばか》られるが、愛人を作って家出した夫の物であればあっさり片づけられる。

両者の一番の違いは、思慕と怨恨といったものではなく、やはり死者と生者の違いであろう。もう二度と会えぬ人の物にはその人の魂が宿るかもしれないが、未だこの世の人が残していった物品に魂が宿ることなどまずあり得ない。

洗面所の歯ブラシやコップ、髭剃り、ブラシ、整髪料、ヘアカラー、浴室のシャンプーやトリートメント、ボディーソープ、愛用のグラスやマグカップ、シューズイン・クローゼットの中の靴や傘、ゴルフ道具、そうした品々を仕分けしながらゴミ袋に詰めていく。共用部の片付けは思いのほかあっと言う間に終わり、残りの私物はすべて二階の良治の仕事部屋の中だった。

仕事部屋に手をつけるかどうかは迷った。

とりあえず共用部からその痕跡が一掃できれば、彼の部屋は封印するだけで事足りるようにも思える。

だが、それではまるで開かずの間だし、こんな狭い家にそんな部屋があるのは薄気味悪いに決まっている。

やはり彼のモノは全部処分することにした。

ネットで廃品回収業者を探すと、いまの時代、一つの部屋の中の物すべてを一括で回収してくれるサービスが見つかった。作業も数時間で、費用も数万円で済むらしい。数時間程度なら二階の部屋の窓を全開にしておけば感染の危険はないだろう。作業員との接触も最小限にすればいい。

さっそくサービスを利用することにして、下準備のために良治の部屋に足を踏み入れた。普段もたまに風通しくらいはしていたが、彼が出て行って以来、ちゃんとその部屋に入ったことはなかった。

幾ら部屋の荷物丸ごと持って行って貰うといっても、さすがに公的な書類や個人情報記載の文書類などはこちらで保管するか処分するかしなくてはならない。

一ヵ月半ぶりに部屋の中をあらためる。前回は、「敦龍」から一人で帰宅して、彼が本当に出て行ったのかを確かめるためにここに入った。自慢のコレクションは手つかずのままで、尚更不審に思ったのを憶えている。

今日はウォークイン・クローゼットに直行はせず、仕事机の引き出しや書棚の隣に置かれた背の高い書類ケースの中身を一つ一つ覗いていった。

一時間ほど念入りにチェックして、各人で保管することにしていた年金手帳やパスポート、預金通帳などがきれいになくなっているのに気づいた。

三鷹の大学病院に入院していたあいだは真理恵がここに泊まり込んでいたので、名香子の不在を狙って良治がそれらを持ち出すことは無理なはずだ。そもそも彼自身も術後の大変な時期だったのだから、そんな空き巣まがいのことをするとは思えない。だとしたら、九月十七日に「敦龍」で別れ話を切り出す前に、その種の貴重品はすでに仕事部屋から持ち出していたのだろう。

「本当に肺がんだと分かったら、そのときはちゃんと話そうと決心していた」

彼はそう言い、名香子に渡すための手紙も用意していたわけだから、それくらいのことは済ませていて当然ではある。

そこで、名香子はふと嫌な予感をおぼえた。

急いで仕事部屋を出て、同じ二階の自分の寝室に飛び込む。

ベッドの反対側にあるウォークイン・クローゼットのドアを開けて中に入った。

左右、正面のハンガーパイプに名香子の服がずらりと吊り下がっているが、そうやって服で隠されている正面の壁の左端に実は壁をくりぬいて設置した金庫があった。

金庫には名香子の宝石類や預金通帳、彼女の年金手帳やパスポート、この家の権利証、それに夫婦で購入した債券や証券類一式がおさまっている。

邪魔になる服を右に寄せて名香子はしゃがみ込み、金庫の暗証番号を押す。

金庫の扉が開く。まずは家の権利証を確認する。いつもの引き出しにあった。債券や証券類も別の引き出しにそのまま残されている。

良治はこの金庫には一切手をつけなかったようだ。

ほっと胸を撫で下ろした。

金庫を閉じ、服を元通りにしてクローゼットを出る。

ベッドの上に仰向けに寝転がった。

「あー、私は何をやっているんだろう？」

ため息とともに声が出る。

あの日、良治のお気に入りだったレクサスＵＸに乗って千住富士見町の「ジョウロ」に彼を迎えに行った。一度の訪問で連れ帰れるはずもなかったが、ナビに目的地を設定し、ハンドルを握り、中央高速に上った時点では何回通ってでもそうするつもりだったのだ。

それが思いがけない展開となり、いつの間にか自分は、すっかりその気を失ってしまった。

母の貴和子や親友の越村奈々に相談し、彼女たちから強い励ましを貰って、

——もう良治のことなんてどうだっていい。

達観したような心地になっていた。

だが、長年連れ添った夫をかつての婚約者に突然奪われて、それが「どうだっていい」ことのはずがないではないか。

「結局、おかあさんは逃げているだけじゃない」

喉元まで出かかっているその一言を何度も飲み込んで、

「いまのおとうさん、頭がどうにかなっちゃってるよ。だから、しばらくは好きにさせるしかないかも」

と母親を慰めてくれる真理恵の心根に自分は単に甘えているだけなのではないか。

「初みくじ凶なり戦い甲斐ある年だ」

貴和子が唯一丸をつけていた一句を名香子は口ずさんでみる。

「初みくじ凶なり戦い甲斐ある年だ」

逃げるのではなく、たとえ負け戦に終わるとしても、攻め入ってきた敵に対して戦いを挑まなくて一体何の夫婦であろう。一体何の人生であろう。

名香子は身体を起こして、ナイトテーブルに置いた目覚まし時計を見やる。

午後一時になろうとしていた。

ベッドから立ち上がり、一つ気合を入れる。

――いざ出陣だ。

40

最寄りの駅から午後二時過ぎの電車に乗り、私鉄と地下鉄を乗り継いで北千住駅に着いたのは三時半ちょうどだった。

平日の昼間の時間帯とあって各線とも車内は空いていた。一昨日まで三桁台だった全国の感染者数が昨日、一気に千人を突破した。再び感染の大波が押し寄せようとしている。欧米でも今月に入って感染者数は急上昇し始めていた。

乗客たちは全員がマスクを着けて黙りこくっている。

まるで皆で無言の行でもやっているかのようだ。

当初は疑問符をつける人もいたマスクの感染防御力も、スーパーコンピュータを使っての画像解析でいまや世界公認のお墨付きを得ている。にもかかわらず日本より何十倍もの感染者数、死者数を記録している欧米諸国ではいまだにマスクが定着していないらしい。アメリカでは「マスクを着けない自由」を訴えるデモ行進が行われたというから驚いてしまう。

マスクの着用は、自らの感染を防ぐのみならず他人に感染を広げないための有効な手段であり、それが科学的に証明されてもいるのだ。それでも「マスクを着けない自由」を主張するのは、「他人に感染させる自由」を言い立てるのと同義だと思われる。果たして「他人に感染させる自由」という「自由」など許されるのか？

　日本では滅相もないと瞬時に否定されるだろうが、しかし、アメリカの一部の人々のあいだではそういう屁理屈めいた「自由」もある程度は受け入れられる素地があるのだろう。

「俺たちはコロナなんて怖くも何ともない。いつ感染したって構わないし、万が一それでいのちを失ったって別に悲しくはない。だから俺たちは俺たちの自己責任でマスクなんて着けない。大体、こんなウイルスごときにビクビクして暮らすなんて真っ平御免だ。もしもお前たちが、そんなに感染したくないのなら、お前たちの方が俺たちに近づかなければいい。要はそれだけのことだ」――こうした考えの人がそれなりの人数でアメリカやヨーロッパには存在するのだと思う。

　もちろん日本にも似たような考えの人たちはいるだろう。

　だとすれば、名香子のような肺に脆弱性を抱える人間は、彼らの言に従って、自身が彼らのような人たちに近づかないための努力をするしかないのだ。

　だから名香子は、感染が拡大し始めると同時にすべてのレッスンをオンラインに変え、外食も一切控え、友人知人と会うことも避け、真理恵が実家に来るのも制限して可能な限り自宅に引き籠ってきたのだった。夫の良治もその点についてはまったく同意見で、食材や日用品の買い出しを積極的に引き受けてくれていた。

しかし、あの善意の大半はいまにして思えば見せかけだったのだろう。

名香子が自宅から出ない暮らしを続けているのをいいことに、彼は愛車を独り占めにしてせっせと香月雛のもとへ通い詰めていたのだから。

真理恵の話では、良治は「ジョウロ」の二階が絵画教室で使えないときは下の店で時間を潰しているという。肺がんの手術を受けたばかりの彼の呼吸器の脆弱性は、名香子のそれとは比較にならないはずだ。にもかかわらず、大勢の客に交じって「ジョウロ」で長時間を過ごすなど、およそ感染を気にしている人間のすることではない。

そういう行為を許している香月雛の分別も信用しかねるものだ。

良治の現在の生活態度からしても、結局、名香子への気遣いはうわべだけのものに過ぎなかったということだろう。

今日、「ジョウロ」を訪ねたところでどの程度の話ができるかは分からない。しかし、今後の感染者増を見据えれば、もっともっとコロナへの警戒を厳重にすべきだという点だけは注意喚起しておきたいと思う。

香月雛に対しても強くそう求めるつもりだ。

名香子から夫を奪うのみならず、真理恵から父親を奪うなどということは決して許されてはならない。

歩いてみると、北千住駅から「ジョウロ」までは案外近かった。スマートフォンのマップで入り組んだ路地の中の近道を見定めたからもあろうが、十分もせずに店の前に着いていた。

前回と雰囲気は変わっていない。風は冷たくなっているが相変わらず入口のドアは開け放たれていた。小さくかがんで中を覗く。時間が時間だからか客は少なかった。カウンターに一人、奥の席に一組見えるだけだ。良治や雛の姿を探したが、ここからだと確認できない。絵画教室も一昨日で閉じることにしたようだし、二人は二階にいるのかもしれなかった。

さっそく店に入る。

この前と同じ青年がカウンターの奥にいる。白いシャツに黒のベストを着け、今日も彼はカップを磨いていた。

店内を見回すともう一組、一番奥まったソファ席に中年女性の二人連れがいるのが分かった。

名香子はカウンターに近づく。すでに顔を上げていた彼が小さな会釈をしてきた。名香子のことを憶えているのだろう。

「こんにちは」

と言うと、

「いらっしゃいませ」

と返す。

「香月さんは今日も二階の事務所ですか?」

向こうが憶えてくれているのなら質問もしやすい。

「すみません。オーナーはいないんです」

青年が申し訳なさそうな顔になった。

「いつ頃、戻って来られますか？」

「そうじゃなくて、昨日から出かけていて、当分は戻ってこないんです」

彼の言っていることがいま一つ分からない。

「じゃあ、徳山良治はいますでしょうか？」

真理恵が何度かここを訪ねて良治に会っているのだから、当然、この青年も良治のことは知っているはずだ。というより、良治が「オーナー」の「居候」だというのをちゃんと認識しているに違いない。

「徳山さんも一緒なんです」

「一緒？」

「昨日、オーナーと一緒に出かけました。なので二人とも当分、こっちには戻ってこないと思います」

「二人はどこに出かけたんですか？」

「たぶん長野の方だとは思うんですが、詳しくは聞いていないんです。コロナがひどくなってきたんで、徳山さんも手術を受けられたばかりですし、コロナ疎開をすると言って出かけたんです」

やはり青年は大方の事情を知っているようだった。

「出かけるってどうやって？」

「オーナーの車だと思います。ちょっと前、友達の一人が長野に別荘を持っていていつでも借りられるから、冬になってコロナがひどくなってきたら車でそっちに疎開するつもりだって言っていたので、そこじゃないかと」

「香月さんが、その話をしていたのはいつ頃ですか？」

「十日くらい前だったと思います」

「じゃあ、このお店はどうするんですか？」

「ここは僕たちスタッフでやっていきます。もとからそんな感じだったし、もちろんときどきオーナーには報告するつもりですが」

見たところ青年が雛に口止めされて曖昧なことを言っている、という感じでもない。

「そうですか……」

名香子はしばし呆然となった。

一歩遅かったというべきか、当てが外れたというべきか。

「コロナ疎開」ということは、このコロナウイルスの流行が終息するまで雛と良治は友人から借りたその長野の別荘に行きっぱなしということか……。

真理恵が昨日、見せてくれた金髪の良治の姿が目の前にちらついてくる。さらには、一度だけ会った香月雛の見事な銀色の髪が思い出される。

――良治が髪を金色に染めたのは、あの雛の銀髪に合わせるためだったんだ……。

ようやくそのことに名香子は気づいたのだった。

「あのー」

おずおずとした声が耳に届いて、彼女は顔を上げた。

「せっかくなんで、コーヒーでもいかがですか？　この前はお出しできなかったので。もちろん当店のサービスですから」

よく見ると青年は整った顔立ちをしている。誰かに似ていると思い、ここ二年ほど個人レッスンをつけていた生徒の一人に似ていると気づく。彼は大学生だった。

「じゃあ、いただこうかしら。それとナポリタンもお願いね。あと、御代はちゃんと支払わせて貰いますから」

名香子はそう言って、奥の壁際に並ぶソファ席の一つへと向かう。

41

「すみません。これってどうしますか？」

一階と二階を往復し、てきぱきと荷物を運び出す若者たちの姿をリビングのソファから眺めていると、社長の玉城《たまき》さんが声を掛けてきた。

廃品回収業者の「すっきりクリーン玉城」に連絡したのは、「ジョウロ」から戻った次の日、十一月七日の土曜日だ。最短でお願いしたいと言うと、十日火曜日の午前中は空いているというのでさっそくその日で依頼したのだった。

社長といっても玉城さんはまだ三十そこそこといった感じで、一緒に来た三人はさらに若そうだった。四人ともマスクとゴーグルを着け、ゴム手袋をはめていた。仕事の性質からなのかコロナ対応でなのか、彼らのマスクは医療関係者が着けている丸い形のN95マスクだ。

名香子はソファから立ち上がって、リビングの入口にいる玉城社長に近づく。

彼の右手には銀色のマイクロカセットレコーダーが握られていた。昔、良治が使っていたものだ。

仕事部屋にあるパソコンや周辺機器、家電製品は全部要らないと最初に伝えてあった。このマイクロカセットレコーダーもその中の一つだ。

名香子が怪訝な表情を作ってみせると、

「カセットテープが入ったままなもので」

社長がレコーダーのふたを開けてこっちに向ける。

「ほんとだ」

ここ数日で仕事部屋の物品はすべてチェックしたつもりだったが、レコーダーにテープがセットされたままなのを見落としていたようだった。

「どうします？　カセットテープだけ抜きますか？」

と言われて、

「じゃあ、これは捨てないことにするわ」

テープだけ貰っても再生できなくては、中身が何なのか確かめられない。

「分かりました」

社長がレコーダーごと渡してきた。受け取って名香子はソファに戻る。

小さなペンケース程度の大きさのレコーダーだった。中に入っているカセットテープもマイクロカセットだ。よく見るとカセットテープのラベルに小さな文字が記されている。

〈赤ちゃん　２０００・７・８〉

ボールペンか何かで書いた文字だが、長い歳月のうちにかすれてしまっていた。

二〇〇〇年七月八日は真理恵の生まれた日だった。

まだ名前も決まっていなくて、良治は「赤ちゃん」と記すしかなかったのだろう。

電池が残っているのかどうか分からないが、とりあえずふたを閉じて電源を入れ、再生ボタンを押した。

この〈赤ちゃん　２０００・７・８〉には一体何が録音されているのか？

カセットテープが回り始めると、すぐにがやがやとした音が聞こえ始める。判別不能の雑音で何の音なのか分からない。数秒ほど経ったところで、突然、

「ウンギャー」

という叫び声が上がった。

名香子は慌ててボリュームを絞る。叫び声は何度も何度も上がる。

ウンギャー、ウンギャー、ウンギャー。

不意に人の声が聞こえた。

「徳山さん、おめでとうございます。可愛らしい女の子ですよー」

そこでぷっつりと録音は途切れたのだった。

名香子は停止ボタンを押して、手の中の小さなマイクロカセットレコーダーを見つめた。

これは真理恵が生まれた瞬間、正真正銘の産声だった。

名香子はテープを巻き戻して、ボリュームを下げたままの状態で、それから二度、三度と再生・巻き戻しを繰り返した。

だんだん記憶がよみがえってきていた。

いまのいままで忘れていたが、そうだった、良治は名香子と一緒に分娩室に入って出産に立ち会い、彼はそのときこのテープレコーダーをポケットに忍ばせ、我が子の誕生の瞬間の声を密かに録音したのである。

さらに幾度か真理恵の産声を聞いて、名香子はレコーダーの電源を切る。

ますます思い出した。

出産の翌日、良治はこのレコーダーを名香子の病室に持って来て、真理恵の産声を聞かせてくれたのだ。

だが、名香子にすればそれはどういうこともない、すでに昨夜の授乳時から耳にしていた泣き声でしかなく、これから嫌というほど耳にする声でしかなかった。それよりも、分娩室という神聖な場所にこんな機器をこっそり持ち込んで我が子の誕生の瞬間の声を録音しようと思い立った夫の、そのいかにも理系人間的な発想が名香子には好ましく思えなかった。

妻のそっけない反応は、恐らく良治には意外だったのだろう。

彼がその録音を聞かせてくれたのはそのときが最初で最後だった。

もう一度、名香子は手中の銀色のマイクロカセットレコーダーを見た。

——あの几帳面な良治が、こんな貴重なテープを何十年もレコーダーに入れっぱなしにしているはずがない。

ということは、良治はこのレコーダーをいつも手元に置いて、しばしば真理恵の産声を一人で聞いていたことになるのではないか？

あらためて再生ボタンを押して、真理恵の生まれた瞬間の叫び声を聞く。

いきなりまったく未知の世界に素っ裸で飛び出してきて、真理恵はさぞや恐ろしく、心細かっただろう。むろん、彼女は生まれたくて生まれてきたわけではない。自然の摂理に従って、ただ生まれさせられてしまったのだ。

だが、それでも彼女はこんなに元気に声を上げている。自分がたったいま誕生したこと、この世界に存在し始めたことをこれほど強く大声で主張している。

——あの子はこんなにも激しく泣きながら生まれてきたんだ。

——この声は、まごうかたなくその真理恵の最初の叫びに間違いない。

——これは、なんと貴重な記録だろう。

——良治は、この産声をいつもどんな気持ちで聴いていたのだろう？

不意に目頭が熱くなって名香子はテープを止め、右の人差し指を目元へと持っていった。指先が濡れて、自分が涙ぐんでいることに初めて気づく。

42

声が聞こえて目が覚めた。

まぶたを開いても何も見えない。まだ真夜中なのか。

だが、そのうち徐々に視界が開けてきた。天井の模様、シーリングライトの形がくっきりとしてくる。どうやら夜が明けようとしているらしい。ということはもう午前六時は過ぎているのだろう。

十二月に入って日の出がぐんと遅くなっている。一昨日あたりから朝晩の冷え込みも格段に厳しくなっていた。昨夜は就寝前にオイルヒーターを窓際に置き、温度をマックスに設定して眠りについたくらいだ。

名香子はゆっくりと半身を起こす。

カーテンの隙間から光が差し込んでいる。まだ夜の色の混ざった薄く静かな光だった。

もう声は聞こえない。

夢の中で聞いたのだろうか？

首を回し、右手を左肩に置いて軽くマッサージする。事故の怪我は完全に治り、左手の指に最後まで残っていたこわばりもいつの間にか消えてしまった。

それでもこうして目覚めると、つい首や左肩の調子を確認してしまう。

こんな習慣もそのうち失くしてしまうのだろう。

薄明に視力がしっかりと馴染んだ頃、ふたたび微かな声が聞こえた。

やはり夢ではなかったのだ。

強く張った細いワイヤーでも弾くような、微かだが甲高い声。

目を閉じて耳を澄ます。すると音が鮮明になる。

イーン、イーンというふうに聞こえる。だが、それはただの異音ではなくて確かに何ものかの声だった。

名香子はベッドから降りて部屋の外に出た。声は一階の方からだった。寝室の窓の下、いまや半年近くも手つかずのまま放ってある庭のあたりから聞こえてくるのだ。

十一月の半ばを過ぎると風見造園の風見社長から何度か連絡が来た。

十二月に入ったら庭の手入れを頼む手筈だったので日程を決めたいというのだった。しかし、名香子はそのたびに答えを引き延ばしていた。数日前の電話ではとうとう、

「十二月の詳しい予定が立ったらこちらから連絡します。その時点でそちらの都合がつかなかったら、うちは年明けでも構いませんから」

と突き放すように言って自分から通話を打ち切ったのだった。

本当は、明石から戻ったらすぐに風見社長に連絡して、十一月前半で頼もうと思っていたのだ。だが、良治の荷物を処分した頃から急増し始めた都内の感染者数にたじろぎ、二の足を踏まざるを得なくなった。

相変わらず庭を見たくないという理由もあった。

リビングの窓にはレースのカーテンを引いたままだし、風通しをするときでもカーテンは開かなかった。庭には極力顔を向けないようにし、とはいえたまにチラ見すると花壇や塀際には雑草が繁茂して荒れ放題の有様で、それでまた尚更、臭い物に蓋でもするように庭にそっぽを向くしかなくなっているのである。

階段を降り、その声に導かれるようにして、名香子はパジャマ姿のままリビングルームに入った。やはり濡れ縁の向こうから聞こえてくる。

リビングの窓辺に近づき、レースのカーテン越しに耳をそばだてた。

イーン、イーンという声が、いまはミー、ミーと聞こえる。

明らかに聞き覚えのある声だった。

名香子は躊躇うことなく、しかし、慎重にレースのカーテンを左右に開いていった。

胸の真ん中に小さな興奮の種が生まれている。

日は昇り、庭は早朝の透明な光に包まれている。庭木の一部はすっかり葉を落とし、一部は濃い緑の葉を変わらずに繁らせていた。花壇の草花は伸び放題の雑草に隠れてどうなっているのか定かではなく、その雑草は半分近くが茶色く枯れてしまっている。声は花壇からではなく、その奥の塀際に生えているいまだ緑豊かな草むらのあたりから聞こえていた。

ミー、ミー。

引き違いのアルミサッシの鍵を起こして、静かに窓を開けた。

朝の冷えた空気が室内に流れ込み、その空気に乗ってさらにはっきりと声が聞こえた。

ミー、ミー、ミー。

明らかに猫の鳴き声である。

急いで玄関からサンダルを取ってきて、名香子は何ヵ月ぶりかで濡れ縁に出た。コンクリート製の踏み石にそっとサンダルを置き、縁側に腰を下ろして足を通す。

ゆっくりとした動作で庭に降りる。

猫の鳴き声は同じ場所から聞こえてくる。

ミーコはうちの子になったあとも、猫らしくニャアと鳴くことがなく、何年たってもミーミーと子猫の頃のように鳴いていた。

彼女がいなくなって三ヵ月ほど過ぎた頃、良治がたまたま仕事の用事で出かけた浅草の路上で、

「何かお困りのご様子ですね」

と易者に呼び止められ、ミーコの行方を占って貰ったことがあった。

当夜、すっかり酔っ払って帰宅した彼は、

「それが、とにかくよく当たるんだよ。僕の仕事のこととか昔のこととかもぴたりと当てて、最近、大事なものを失くされましたねって言うんだ。何だか分かりますかって訊き返すと、可愛がっていた犬か猫がいなくなったんでしょうってズバリだよ。いやもう、さすがにびっくり仰天だよ」

さっそくその話を始めた。

「で、ミーコはどこにいるの？」

酔っぱらいのぐだぐだ話に名香子がうんざりして訊くと、彼は、

「その子は、別の家に拾われてとても可愛がられていますよ、だってさ」

と言ったのだった。

「じゃあ、その別の家ってどこなの？」

「残念ながら、そこまでは分からないらしい」

次第に会話の雲行きが怪しくなっているのを察して、良治はちょっと困ったような顔つきになり、

「でも、その易者が言うように、ミーコが誰か他の人に保護されて大事にされているんなら、それは本当によかったじゃないか」

宥めるような口調で言い足したのだった。

名香子はそんないい加減な話を、酔いに任せて、さも耳寄りな情報のように語り始めた彼の無神経さが許せなかった。

――この人は、ちっとも反省なんてしていないし、悲しんでもいないんだ。

そう思っただけだった。

しかし、それから長い時が過ぎるに従って、良治が聞きつけてきたその浅草の易者の言葉を一番強く信じるようになったのはほかならぬ名香子自身だったのだ。

素足にサンダル履きの脚は、庭に降りるとあっという間に冷え切ってしまった。パジャマのみで何か羽織っているわけでもなく、十二月の朝は想像以上に寒い。じっとしていると凍えてきそうなくらいだった。

名香子は塀際の草むらに向かって、静かに歩き始めた。

この同じ庭で、「おいで」と呼ぶと駆け足で懐に飛び込んできたミーコの姿が脳裏に浮かび、やがて小学生の頃、社宅近くの小公園の草むらで左足から血を流してうずくまっていたミーコの姿がそれに重なった。

今度のミーコは一体どんな姿で現れてくれるのだろう?

鳴き声は、いままでのミーコのものよりももっと甲高く、そして力強い。

良治が録音していた、あの真理恵の産声とそれは似ていた。

自分がたったいま誕生したこと、この世界に存在し始めたことを声高々に訴える力強い産声。

――こうやってミーコも生まれ、真理恵も生まれ、この私自身も生まれたのだ。

足の感覚がだんだんなくなってきていた。だが、胸の中の興奮は熱を帯びて大きく膨れ上がり、名香子の身体を徐々に満たし始めている。

「ミーコ、お帰り」

そう呟いて、彼女は一歩一歩、猫の鳴き声のする草むらへと近づいていく。

初出　「小説現代」二〇二一年四月号

白石一文

（しらいし・かずふみ）

１９５８年福岡県生まれ。２０００年『一瞬の光』でデビュー。'09年『この胸に深々と突き刺さる矢を抜け』で山本周五郎賞、'10年『ほかならぬ人へ』で直木賞を受賞。『不自由な心』『すぐそばの彼方』『私という運命について』『神秘』『愛なんて嘘』『ここは私たちのいない場所』『光のない海』『記憶の渚にて』『プラスチックの祈り』『君がいないと小説は書けない』『ファウンテンブルーの魔人たち』など著作多数。どの作品も深い思索に支えられたページターナーであり、新作を待つ熱心なファンが多い。

我《わ》が産声《うぶごえ》を聞《き》きに

２０２１年７月５日　第１刷発行

著　者　白石一文《しらいしかずふみ》

発行者　鈴木章一

発行所　株式会社講談社

〒１１２−８００１　東京都文京区音羽２丁目12−21

電　話　編集　０３−５３９５−３５０５

販売　０３−５３９５−５８１７

業務　０３−５３９５−３６１５

本文データ制作　講談社デジタル製作

印刷所　豊国印刷株式会社

製本所　株式会社若林製本工場

ISBN978-4-06-523713-7

N.D.C.913 238p 19cm

KODANSHA